Wie is? – Muss.
Warum Ruhrgebietler manchmal stolpern,
aber niemals hinfallen

Henselowsky
Boschmann

Schützenstraße 31 · 46236 Bottrop
post@vonneruhr.de · www.vonneruhr.de
1. Auflage 2016
ISBN 978-3-942094-66-5
Umschlagfoto: Friedhelm Wessel
Druck: Friedrich Pustet GmbH & Co. KG
Verarbeitung: Print- & Medien-Management Junglas

Wie is? – Muss.
Warum Ruhrgebietler manchmal stolpern,
aber niemals hinfallen

herausgegeben von
Hermann Beckfeld und Werner Boschmann

Henselowsky
Boschmann

Inhalt

Gedichte von Hubertus A. Janssen

Butter bei die Fische
Vorwort von Hermann Beckfeld

»Wie is?« – »Muss.« Pause, kurzes Nachdenken, dann muss es kommen, und es kommt. »Und selbst?«

Ist es nicht beachtlich, wie einzigartig wenige Worte wir hier im Revier brauchen, um ein ordentliches Gespräch zu führen; ja, wir können sogar mit zwei Worten zeigen, dass wir nicht nur an uns selbst denken, sondern uns auch für den anderen interessieren?

Hömma, schon sind wir mitten im Thema. Die Fragen »Wie is?« und »Und selbst?« sind bei uns mehr als berechtigt. Sie sind geradezu Pflicht. Denn im Leben eines Ruhris geht es auf und ab, Durchschnittsbefinden gibt es bei uns nicht. Wir sind nie satt. Entweder haben wir richtig Heißhunger – oder uns ist schlecht. Wir hier im Revier neigen zu Extremen, andersherum gesagt: Das Ungewöhnliche ist für uns gewöhnlich. Wir verabreden uns auf ein, zwei Bierchen, wissen aber schon vorher, dass wir volltrunken nach Hause wanken. Die Frau sagt dir, ich begleite die Freundin nur ins Centro. Selbst brauche ich nichts, ich habe den Schrank ja voll. Zurück kommt sie mit Einkaufstaschen, die sie kaum alleine tragen kann.

Die Fragen »Wie is?« und »Und selbst?« lohnen sich schon deshalb, weil wir a) ahnen, dass irgendwas schief gegangen ist, b) was zum Weitererzählen brauchen, c) weil wir uns mit unserem »Muss« schon geoutet haben, dass bei uns nicht alles rundläuft, und d) wir dann doch lieber das Elend des anderen hören wollen: »Und selbst?«

Butter bei die Fische. Wir hier im Revier verbindet doch, dass wir alles sein wollen, nur kein Mittelmaß; und dass wir, wenn wir ein Ziel vor Augen haben, losstürmen, als gäbe es kein Morgen. Augen zu und durch, Papa kriegt das schon auf den Pinn. Wen wundert's, dass wir dabei ab und an stolpern, manchmal sogar auf die Fresse fallen. Was uns in solchen Situationen auszeichnet, dass wir uns schon im freien Fall Gedanken machen: Warum bin denn ich gerade wieder der Doofmann? Und wie komme ich aus der Sch… wieder raus?

Bei uns im Revier gehen der freie Fall und das Aufrappeln quasi ineinander über, man könnte fast sagen: Es ist ein einziger Vorgang, den in dieser Perfektion nur wir beherrschen. Andere üben sich in Selbstmitleid, lecken ihre Wunden oder ganz schlimm: bleiben liegen. Nun gut, auch wir sind Meister darin, anderen die Schuld zu geben und eine dicke Lippe zu riskieren: »Hömma, du Flachpfeife …« Aber wir können uns auch selbst auf den Arm nehmen, was fürwahr eine schwierige gymnastische Übung ist. Und wir können richtig malochen, anpacken und zeigen, wo es langgeht, so wie einst Opa vor Kohle mit dem Presslufthammer. Warum is dat so? Vielleicht, weil dat bei uns so schön is wie nirgendwo anders, oder zumindest so tun, als ob. Und deshalb das Leben sogar dann lieben, wenn es uns gerade mal nicht liebt.

»Wie is?« haben wir unsere Autoren gefragt. Ihre Antworten sind mehr als ein »Muss«. Ihre Geschichten erzählen von Liebe und Enttäuschungen, von Ruhrpotthelden und Versagern, die keine sind; von Orten, die wir mögen: dem eigene Garten und kleinen Buchläden, von denen es nicht mehr so viele gibt. Vielfach sind es Liebeserklärungen. An das Leben. An unser Revier. An Menschen mit kleinen Schwächen und großem Herz.

»Und selbst?« – »Muss auch.«

Sarah Meyer-Dietrich
Wo die Liebe hinfällt, soll man sie liegen lassen

Sarah Meyer-Dietrich wurde 1980 geboren und wuchs im Ruhrgebiet auf. Studium der Wirtschafts- und Kulturwissenschaften in Bochum und Hagen. Promotion in Bochum. 2012 bis 2016 hauptberuflich Geschäftsführerin und Projektmanagerin Friedrich-Bödecker-Kreis NRW e. V. Seit dem Sommer 2016 ist sie freie Autorin. Im Herbst 2016 erscheint ihr Roman *Immer muss man mit Stellwerksbränden, Streiks und Tagebrüchen rechnen.* [www.sarahmeyerdietrich.de]

Ich bin in Gelsenkirchen aufgewachsen. Dumm gelaufen! Könnte man einfach so stehenlassen. Aber: Wenn man außerhalb des Ruhrgebiets sagt, man sei in Gelsenkirchen aufgewachsen, kommt man immer in Erklärungsnot. Manche Leute gucken so mitleidig, dass man denkt, die drücken einem gleich ein Butterbrot in die Hand, weil man so bedürftig ist. Sagt meine Mutter. Die muss es wissen. Wenn mich früher wegen Gelsenkirchen jemand mitleidig anguckte, erklärte ich: »Aber geboren bin ich in Villingen-Schwenningen.«

»Und als Kindergartenkind wohnte ich in Essen.« Das erhöhte das Mitleid. Vom beschaulichen Schwarzwald nach Essen und dann … Was für ein Abstieg. Der Abstieg des VfL Bochum in die zweite Liga war nichts dagegen. »Nach dem Abi bin ich aber weggezogen«, erklärte ich dann. Erleichtertes Aufatmen. Und dann kam ich wieder in Erklärungsnot. Weil ich nicht so richtig weit weggezogen bin. Wie das passieren konnte? Irgendwie halt dumm gelaufen.

Ich wollte ja weg aus dem Ruhrgebiet. Und sowieso weg aus diesem Gelsenkirchen, in dem ich Kindheit und Jugend verlebt hatte. Frei nach Theodor Storm: »Am grauen Fluss, am Zechengrab und seitab liegt GE …« Berlin schwebte mir vor. Hamburg. Besser noch: London. Das war um die Jahrtausendwende, und ich kann mich nicht daran erinnern, dass jemand von meinen Freunden auf die Idee gekommen wäre, diese vom Strukturwandel in die Mangel genommene Region als »Metropole Ruhr« oder »die andere Metropole« zu bezeichnen. Wenige Jahre zuvor hatte es in Gelsenkirchen noch die letzten Streiks gegen Zechenschließungen gegeben. Dass Schalke vom reinen Mythos wieder zum ernst zu nehmenden Fußballverein wurde und 1997 den UEFA-Cup gewonnen hatte, war ein kleiner Trost, der mich nicht blind dafür machen konnte, dass ich in einer sterbenden Stadt, einer sterbenden Region lebte. Nicht, dass das meine Jugend beeinträchtigt hätte. Ich war in Gelsenkirchen sicherlich genauso glücklich, wie ich es in einer Berliner Jugend hätte sein können (dazu noch einmal in Anlehnung an Theodor: »… der Jugend Zauber für und für, liegt lächelnd doch auf dir, auf dir, du graue Stadt GE …«). Aber mit fortschreitender Jugend sehnte ich mich eben mehr und mehr nach Berlin und Hamburg und London. Dorthin, wo Leben war, wo es immer pulsierte und nicht bloß ein Herz aus Stahl und Kohle gerade aufhörte zu schlagen.

Weg wollte ich. Weg. Unbedingt. So schnell wie möglich. Nur dass London dann eben doch zu teuer war. Und die NCs für Literaturwissenschaften in Berlin und Hamburg zu hoch waren. Hätte ich in der Schule weniger Zeit damit verbracht, von einer Zukunft zu träumen, die ich mir weder finanziell noch notenmäßig leisten konnte. Die Metropolen rückten in weite Ferne …

Ich entschied mich für die nächstbeste Übergangslösung. Bochum. Eine Fahrt mit der 302 von meiner alten Heimat entfernt.

Immer, wenn ich zwischen Bochum und Gelsenkirchen pendelte, wurde mir die geballte Schönheit des Ruhrgebiets vor Augen geführt: Wattenscheid, Ückendorf, Gelsenkirchen-Zentrum … Immer, wenn ich in der 302 saß, schwor ich mir, bald die Uni zu wechseln. Berlin. Hamburg. Ich saß in der 302 und sehnte mich und blieb dann doch.

Wie das kam? Stellen Sie sich vor, jedes Mal, wenn Sie erklären, woher Sie stammen, hätte irgendein Hamburger, Berliner oder meinetwegen auch Husumer den Impuls,

Ihnen ein Butterbrot in die Hand zu drücken. Stellen Sie sich vor, wie einfallsreich Ihre Erklärungen mit der Zeit würden. Dann ahnen Sie vielleicht, was passiert ist. Ich begann, selbst an meine Erklärungen zu glauben. Begann, diesen Flecken der Welt mit anderen Augen zu sehen. Nicht von heute auf morgen. Langsam, nach und nach, fand in mir drin ein Strukturwandel statt.

Die betonierte Ruhr-Uni wandelte sich in meinen Augen zur Betonschönheit. Ich liebte den Blick ins Ruhrtal. Ich liebte sogar die klappernden Steinplatten auf dem Weg von der U-Bahn zum Campus. Auch wenn ich sicher war, dass ich eines Tages durch eine der Platten krachen und in einem Paralleluniversum landen würde. Oder bin ich gar in einem Paralleluniversum gelandet? Gibt es irgendwo unter den klappernden Platten noch eine Welt, in der eine Sarah lebt, die sich nach Metropolen sehnt? Ich weiß es nicht. Ich weiß nur, dass ich in einer falschen Region lebte und mich Semester für Semester mehr in diese Region verliebte.

Ich finde es legitim, dass heute darüber debattiert wird, ob die Uni unter Denkmalschutz gestellt werden soll. Genauso, wie es legitim war, dass Bernd und Hilla Becher in den 70er Jahren die Ästhetik von Industriebauten dokumentierten, dass Roland Günter sich für die Rettung der Arbeitersiedlung Eisenheim stark machte, dass Karl Ganser im Rahmen der IBA Emscherpark half, die Zeche Zollverein zu Umnutzungszwecken zu erhalten, dass das Ruhrgebiet 2010 Kulturhauptstadt war und dass ich, weil ich keinen passenden Job im Ruhrgebiet gefunden habe, seit 2012 die Pendelei zwischen Ruhrgebiet und Bergischem Land auf mich nehme. Wir müssen wohl bekloppt sein.

Wenn jemand fragt, woher ich komme, sage ich: »Aus dem Ruhrgebiet.« Ich differenziere nicht. Gelsenkirchen oder Bochum? Wen kümmert das. Wenn ich in der 302 sitze, um meine Eltern zu besuchen, wird mir die geballte Schönheit des Ruhrgebiets vor Augen geführt. Ich fahre vorbei an der Jahrhunderthalle. Vorbei am Sitz der Kultur Ruhr GmbH, die u. a. die Ruhrtriennale ausrichtet. Vorbei am Berger See und dem früheren Parkstadion, wo der Jugend Zauber für und für immer noch liegt. Wenn jemand sagt: »Aber das alles ist doch nicht schön!«, sage ich: »Doch.« Punkt. Und wenn jemand sagt: »Warum um alles in der Welt leben Sie ausgerechnet im Ruhrgebiet?«, dann beiße ich beherzt in mein Butterbrot und sage mit vollem Mund: »Wo die Liebe hinfällt, da soll man sie liegen lassen.«

Im Ruhrpott aufgewachsen.

Im Ruhrpott hängengeblieben.

Dumm gelaufen.

»Nein«, sage ich, »verdammtes Glück gehabt!« Aber erklären? Nein, erklären werde ich Ihnen das nicht.

Auf der Castroper Straße
Timo Malers, 35 Jahre, VfL-Bochum-Fan

im Gespräch mit Sarah Meyer-Dietrich

Der VfL Bochum wurde häufig als Fahrstuhlmannschaft bezeichnet. Was ist damit gemeint?
Das dauernde Auf- und Absteigen zwischen erster und zweiter Bundesliga. 1971 schaffte Bochum erstmals den Sprung in die erste Liga und blieb da ziemlich lange. Nach dem Abstieg in der Spielzeit 1993/94 ist der Verein sofort wieder aufgestiegen. Weitere viermal ist der Verein dann in die zweite Liga ab- und in der folgenden Spielzeit sofort wieder in die erste Liga aufgestiegen. Aber seit der Spielzeit 2010/11 fährt der Fahrstuhl leider nicht mehr hoch.

Wie lange bist du persönlich schon VfL-Fan?
Das kann ich gar nicht mehr so genau sagen. Als Kind war ich schon im Stadion und hab so mit zehn Jahren die Aufstellung der Bochum-Partien auf Kassetten gesprochen. Man kann wohl sagen, dass ich seit 27 Jahren Fan bin.

Warum bist du Fan geworden?
Auch das kann ich schlecht genau sagen. Aber ich erinnere mich zum Beispiel noch daran, dass mein Vater mich damals mal mit in die VIP-Lounge genommen hatte. Nach dem Spiel kamen die Spieler rein. Die großen Idole, die man aus dem Radio kannte. Die haben sich mit uns unterhalten. Das fand ich toll. Ich durfte auch einmal bei einer Pressekonferenz dabei sein. Und dann ist das mit dem Fan-Sein so gewachsen.

Was waren die schlimmsten Situationen für VfL-Fans in den letzten Jahren?
Natürlich die Abstiege. Und dann 2004 im UEFA-Cup. Als Edu gegen Standard Lüttich den Ball nicht wirklich getroffen hat und deshalb in der 92. Minute noch der Ausgleichstreffer fiel und Bochum ausgeschieden ist. Das war sehr schlimm.

Hand aufs Herz: Ist es nicht manchmal deprimierend, VfL-Bochum-Fan zu sein?
Ja … aber damit findet man sich ab.

Gibt es etwas, das dir hilft, dich damit abzufinden?
Ja. Leidensgenossen, die das Gleiche durchmachen wie man selbst. Mit denen geht man ins Stadion, trinkt ein Bier und teilt die gleichen Gefühle. Wenn man denkt »Alles ist scheiße«, denken die anderen das auch.

Gibt es für dich einen Grund, warum du VfL-Fan bleibst?
Was soll ich denn sonst machen? Man kann ja nicht einfach nicht mehr Fan sein. Klar, kann man sich ein bisschen von der Mannschaft distanzieren, weil man vielleicht die einzelnen Spieler nicht mag, die gerade den Verein verkörpern. Aber sich vom Verein selbst abwenden … Ich weiß nicht, wie das gehen sollte.

Man hat also gar keine Wahl, sondern ist einfach Fan und muss dann auch die Tiefen durchstehen?
Ja. So ist es.

Gibt es etwas, was dich wieder aufbaut, wenn der Verein und damit auch die Fans mal wieder richtig auf die Schnauze gefallen sind?
Nee. Wenn es läuft, dann läuft's. Und dann freuen sich alle. Und wenn es nicht läuft ... Ich weiß selbst manchmal nicht, warum ich dann doch wieder ins Stadion gehe. Es ist halt ein Ritual. Am Wochenende ist halt Bundesliga. In der letzten Saison war schnell klar, dass aus einem direkten Aufstieg nichts werden würde. Trotzdem geht man weiter hin und unterstützt die Mannschaft. Weil man Teil der Mannschaft ist.

Gibt es etwas, was du dir für die Zukunft des VfL Bochum wünschst?
Dass der Verein attraktiven und schönen Fußball spielt und dadurch erfolgreich ist. Der Aufstieg in die erste Liga wäre schön. Und sich dort dann etablieren. Irgendwann laugt die zweite Liga halt doch aus. Allein die Anstoßzeiten machen irgendwann keinen Spaß mehr ... Wenn man sonntags schon um 11 Uhr das erste Bier trinkt, weil um 13.30 Uhr das Spiel beginnt. Aber sonst kann eigentlich alles so bleiben.

Aber dass du mit eher schlechter Laune zum Spiel aufbrichst, kommt dann auch schon mal vor?
Klar. Aber spätestens wenn ich auf der Castroper Straße am Planetarium vorbeigelaufen bin und die Flutlichter des Stadions sehen kann, schlägt meine Laune um. Besonders wenn es schon dunkel ist und die Lichter angeschaltet sind. Spätestens dann fängt das Kribbeln an ...

Hubertus A. Janssen
Ruhrpotthelden

Hubertus A. Janssen, Jahrgang 1964, aufgewachsen in Warendorf an der Ems, wurde nicht Förster, sondern beendete sein Medizinstudium in Mainz. Seit 2010 dichtet er für die Funke-Mediengruppe und für den Landwirtschaftsverlag Münster und andere Zeitungen. Als Erfinder des *Landwirtschaftlichen Feuilletons* ist er ein Vertreter eher kurzer Kurztexte. Der Grenzgänger Janssen arbeitet als Arzt genau da, wo Ruhrgebiet und Münsterland ineinander übergehen. Er lebt mit Familie in Recklinghausen. 2015 erschien sein Gedichtband *Der Lurch hält durch*.

Schwer hebt Herbert ab vom Sofa,
irgendwo im Ruhrgebiet.
Wirft sich auf sein Zündapp-Mofa,
das ihn in die Ferne zieht.

Braust in seinen Schrebergarten,
irgendwo im Ruhrgebiet.
Sein Gemüse muss nicht warten,
Fachmann Herbert gießt und zieht.

Mit dem Hängerchen nach Hause,
irgendwo im Ruhrgebiet.
Budenstopp für Tütenbrause,
hört es gern, wenn Brause zieht.

Leicht liegt Herbert auf dem Sofa,
irgendwo im Ruhrgebiet.
Und es schweigt sein altes Mofa,
das er stolz im Hofe sieht.

Klaus D. Krause
Oh, du fröhliche!

Klaus D. Krause kam 1953 in der Lünen nahe des Lippeufers zur Welt. Obwohl sein Geburtshaus wegen des sandigen Untergrunds eines alten Flussbetts abgerissen werden musste, blieb er der Lippe und Lünen während seiner Jugend treu. Erst das Journalistik-Studium verschlug ihn nach Dortmund, wo er anschließend als freier Journalist für die Presse und den WDR-Hörfunk arbeitete. 1984 kehrte er reumütig an seinen Fluss in die Lippestadt Haltern zurück und heuerte dort als als Redakteur bei den Ruhr Nachrichten an. 1988 zog es ihn als Redaktionsleiter und später als Chefreporter zur Dorstener Zeitung, wo er seitdem direkt an der Lippe zuhause ist. Nach dem Abschied aus der Redaktion denkt er für seinen Lebensabend über einen Umzug nach Wesel nach – schließlich endet dort auch der Lippelauf im Rhein. Nach seiner Wiedergeburt plant Krause dann ein Comeback in Bad Lippspringe.

Es begab sich aber zu der Zeit, als die Rolling Stones die Hitparaden eroberten, dass im Advent 1965 das Gebot an einen Zwölfjährigen ausging, er möge seinen Weihnachtswunsch äußern.

Ich musste nicht lange überlegen. Mein bester Freund war seit kurzem stolzer Besitzer eines Tonbandgerätes. Seine Radio-Mitschnitte hatten mich sofort infiziert und alle Schlagerklänge aus meinem Kopf gepustet. Dort gab nun allein der Beat den Takt vor. Also wünschte ich mir eine Gitarre, damit Keith Richards endlich würdige Konkurrenz bekäme. Allerdings zahlte die Eisenhütte Westfalia meinem Vater keinen Spitzenlohn. Die Familie musste sparen. Und auf dem Gabentisch lag deshalb statt der ersehnten Gitarre eine Blockflöte.

Prompt brannte es unter dem Weihnachtsbaum lichterloh. »Wie soll ich darauf ›Satisfaction‹ spielen?«, drang mein Schimpfen durch die stille Nacht, »das ist doch Kinderkram!« Vaters Bemerkung »Damit kannst du viel schönere Musik machen als diese langhaarigen Zottel«, besänftigte mich nicht. Meine Mutter rettete schließlich den Weihnachtsfrieden: »Wenn du nächstes Jahr unter dem Christbaum richtig gut Flöte spielst, fangen wir an, für eine Gitarre zu sparen.«

Also biss ich in den sauren Apfel. Und ließ mir die Flötentöne beibringen. Was Folgen hatte: Gemeinsam mit einem Mitschüler musste ich jeden Morgen vor Unterrichtsbeginn ein Volkslied vorspielen. Unser Lehrer hatte allerdings keinen Sinn für musikalische Feinheiten. Als wir einmal ein zweistimmiges Flötenduett zum Besten gaben, glaubte er, wir würden uns permanent verspielen, und verbot sämtliche Experimente. Unter solchen Umständen konnte in Lünen kein zweiter Mozart gedeihen.

Die Zeit ging ins Land, und als Dreizehnjähriger entdeckte ich im Sommer nach der Beatmusik eine neue Leidenschaft. Zuvor hatte ich mit Mädchen wenig anfangen können. Sie interessierten sich nicht für Fußball, und statt »Winnetou I« nannten sie »Hanni und Nanni« als Lieblingsbuch. Jetzt aber löste der Anblick von Badenixen im Freibad bei einem 13 Jahre und zwei Monate, also fast 14 Jahre alten und damit so gut wie erwachsenen Jüngling merkwürdige Reaktionen aus.

Die ungekrönte Miss Uhlandschule ging in meine Klasse. Angelika war ebenso umschwärmt wie unnahbar. Selbst hartnäckigste Möchtegern-Charmeure (»Willst du mit mir gehen? Ich zeig dir auch meine komplette Fußballbilder-Sammlung der WM 66!«) ließ sie abblitzen.

Daher schlug im Konfirmanden-Unterricht die Nachricht wie eine Bombe ein, dass Angelika beim weihnachtlichen Krippenspiel die Maria verkörpern sollte. Zeitgleich ging das Gerücht um, der Darsteller des Josef dürfe Maria küssen. Was zur Verwunderung unseres Pastors enormen Andrang auslöste: Gleich fünf theaterbegeisterte Knaben, darunter ich, bewarben sich um die Josef-Rolle.

An dieser Stelle kam gemeiner Verrat ins Spiel. »Es fehlt doch noch ein Hirte. Klaus kann sehr gut Flöte spielen!«, petzte mein bis dato bester Kumpel. Seine Rechnung ging auf: Ich fand mich am Lagerfeuer wieder und musste »Kommet ihr Hirten« intonieren, während er grinsend ins Josefskostüm schlüpfte. Es dämpfte seine Freude merklich, als er erfuhr, dass er Maria lediglich einen angedeuteten Kuss auf die Wange hauchen durfte. Doch nach der Generalprobe war er wieder obenauf: »Ich schwöre dir, bei der Aufführung in der Kirche brenne ich ihr einen richtigen Kuss auf die Lippen. Mit Zunge!«

Einerseits fürchtete ich einen Skandal, andererseits platzte ich vor Neid. Doch es sollte anders kommen. Just einen Tag vor Heiligabend zwang eine Grippe Angelika zu strenger Bettruhe. Kurzfristig musste Doris für sie einspringen. Ein nettes Mädchen, mit dem man sogar erörtern konnte, ob Uwe Seeler oder Lothar Emmerich der bessere Torjäger sei. Leider hatte Doris schiefe Zähne. Und durch ihre Vorliebe für Süßigkeiten ausgeprägte Rundungen in Körperbereichen, die für pubertierende Jungs nicht zu den aufregendsten zählten.

So kam es, dass am Heiligen Abend ein stillvergnügter Hirte auf der Bühne beobachtete, wie Josef lustlos und uninspiriert seinen Text abspulte. Dann kam die Kuss-Szene. Noch lange redete man hinterher in Konfirmandenkreisen davon, wie Maria ihren Josef packte und ihm einen herzhaften Schmatz auf den Mund drückte.

Und auf dem Heimweg spitzte ein ausgedienter Hirte gut gelaunt die Lippen und flötete: »Oh, du fröhliche!«

Pia Lüddecke
Die Beschattung

Pia Lüddecke wurde 1981 in Recklinghausen-Süd geboren. Auf ihren Streifzügen durch die Nachbarschaft erlebte sie allerlei Abenteuer, die sie schon früh in Form kurzer Erzählungen zu Papier brachte. Während des Studiums der Germanistik und Anglistik an der Ruhr-Universität Bochum verschlug es sie für ein Auslandssemester an die University of Newcastle upon Tyne. Heute wohnt sie wieder im Pott und ist als Redakteurin für die Stadtmagazine Witten, Castrop-Rauxel, Lünen und Hagen tätig. Wenn sie nicht gerade schreibt, kann man sie beim Fechttraining des USC Bochum auf der Planche antreffen. Im September 2016 erscheint ihr erstes Buch *Der schwarze Teufel, ein satirisches Märchen.*

Das Verbrechen ereignete sich an einem drückend heißen Spätsommertag. Schwüler Wind wirbelte wie ein unsichtbarer Geist durch die Krone des Apfelbaums. Blätter raschelten, Holz ächzte. Wir kauerten im Baumhaus und spähten aufgeregt durch den Schlitz in den Garten hinab: Der Fremde ging gebeugt, was daran lag, dass er einen schweren Sack über der Schulter trug. Als ob das allein noch nicht verdächtig genug gewesen wäre, hatte er buschige Augenbrauen und einen schwarzen Schnurrbart.

»Der führt doch was im Schilde«, wisperte Brillen-Toni mit euphorisch zitternder Stimme. »Die Sache stinkt zum Himmel«, nickte ich. »In dem Sack könnte alles drin sein. Diebesgut. Hehlerware. Oder eine zersägte Leiche!« Meine kleine Schwester Edna schlug quiekend die Hände vors Gesicht.

Der Schnurrbärtige hob misstrauisch den Kopf, sein finsterer Blick verharrte kurz auf unserem Versteck, doch dann setzte er seinen Weg über unser Grundstück fort.

In Windeseile kletterten wir die Strickleiter hinab und hefteten uns im Gänsemarsch an seine Fersen. Ich vorneweg, Brillen-Toni in der Mitte, Edna bildete die Nachhut. Drei harte Hunde im Auftrag der Gerechtigkeit. Durch das Hintertor, über den Schotterweg und dann nach rechts in die Jungfernheide. Vorbei an zerklüfteten Fassaden, verwilderten Vorgärten und schrottreifen PKWs. Die Gegend wurde nicht ohne Grund »das Süder Ghetto« genannt. Hier waren die meisten Häuser baufällig, die Straßen marode und die Anwohner chronisch missgelaunt. Im Westen rauschte die Autobahn, im Osten wälzte sich die »Köttelbecke« durch ihr kaltes Betonbett, ein von Stacheldraht umzäunter, stinkender, rattenverseuchter Strom, der schon viele leichtsinnige Spaziergänger mit sich gerissen hatte. Tagsüber trugen dickbäuchige Nachbarn in Unterhemd über windschiefen Lattenzäunen ihre unflätigen Streitigkeiten aus, nachts kläfften sich räudige Tölen die Seele aus dem Leib. Manchmal fielen Schüsse.

In dieser menschenfeindlichen Umgebung war meinen Eltern bei meiner Erziehung ein grober Fehler unterlaufen: Sie hatten mir den Floh ins Ohr gesetzt, dass alles möglich sei, wenn man es nur wolle, und mich in dem Glauben aufgezogen, dass es sich immer lohne, mutig für die eigenen Überzeugungen einzustehen – selbst wenn jene, die gegenteilige Ansichten vertraten, größer und stärker waren. Während andere Knirpse in Sichtweite ihrer Muttis Hüpfkästchen spielten, streunte ich mit meiner kleinen Bande durch das Revier, um für Recht und Ordnung zu sorgen. Mehr als einmal landete ich dabei mit einem blauen Auge auf dem Pflaster. Doch ich stand immer wieder auf.

Der Wind hatte aufgefrischt. Einzelne Regentropfen lösten sich aus der Wolkendecke. In der Ferne ertönte ein leises Grummeln. Der Schnurrbärtige tauchte in den Schatten zwischen zwei Backsteingebäuden ein. Gegenüber im Fenster der Patzeks zeichnete sich eine schemenhafte Bewegung ab. Wahrscheinlich hing die neugierige Alte wieder hinter der Gardine. Wir ließen sie links liegen und folgten dem Verdächtigen. Die schmale Einfahrt mündete in einen Hinterhof. Unsere Zielperson hatte sich in Luft aufgelöst, doch der Beutesack lehnte neben einer halb geöffneten Kellertür unter einem rostigen Wellblechdach an der Mauer. Unsere Chance, das Geheimnis zu lüften und dem Schurken ein für allemal das Handwerk zu legen.

Ich erreichte das Beweisstück zuerst – und stieß einen triumphierenden Schrei aus. Das waren doch die Kirschen aus unserem Garten! Ich machte den Geschmackstest: Eindeutig! Damit konnten wir ihn überführen, diesen Dieb!

»Hey!«

Oh Schreck, da war er wieder. Finster, mandeläugig und schnurrbärtig. Eine schwarze Silhouette vor dem beleuchteten Kellereingang. Der bedrohliche Eindruck wurde durch ein weiteres Donnergrummeln untermalt. Meine kleine Schwester Edna stand da wie ein gelähmtes Kaninchen. Brillen-Toni warf sich auf den Boden und krähte: »Tu uns nichts, tu uns nichts!« Ich verschluckte mich an einem Kirschkern.

Inzwischen hatten sich vorne an der Straße einige schaulustige Nachbarn versammelt, allen voran die alte Frau Patzek, die noch den Hörer ihres neuen Schnurlostelefons in der Hand hielt.

»Dieser Mann ist ein Verbrecher!« Selbstbewusst zeigte ich mit dem Finger auf den Verdächtigen. Dessen Gesicht nahm einen halb überraschten, halb verärgerten Ausdruck an. »Dieses Kind klaut meine Kirschen«, erwiderte er und zeigte auf mich.

Im selben Moment kam eine gestresste Frau in Pantoffeln um die Ecke gehetzt. Meine Mutter. Endlich, jetzt würde sich der Fall aufklären. »Mama, sag den Leuten, dass der Mann ein gemeiner Dieb ist!«

Meine Mutter durchbohrte mich mit einem frostigen Blick, dann schenkte sie dem Fremden ein beschämtes Lächeln. »Murat, es tut mir so leid!«

Angeblich war alles ein großes Missverständnis. Murat – so hieß der Fremde – hatte zufällig unser Haus passiert, den prächtigen Kirschbaum gesehen und meinen Eltern spontan ein gutes Geschäft vorgeschlagen. Anschließend hatte er, schwer beladen mit reifen Früchten für seinen Supermarkt, die Abkürzung durch den Garten genommen, wo wir ihn beobachtet, die Indizien falsch gedeutet und vielleicht ein wenig überreagiert hatten.

Nun sollten wir uns für unser unangebrachtes Benehmen entschuldigten. Brillen-Toni und Edna reichten Murat kleinlaut die Hand – wahrscheinlich waren sie einfach heilfroh, es doch nicht mit einem gefährlichen Kettensägenmörder zu tun zu haben. Ich hingegen verteidigte meine Pflicht als Ermittlerin. Womöglich hatte ich meine Schlüsse vorschnell gezogen – aber was sollte auch dieser irre Schnauzer? Da musste man ja argwöhnisch werden!

Murat tätschelte mir nachsichtig die Wange und lud uns alle zu Tee und Gebäck in sein Haus ein. Seine Frau hatte schon das Wasser aufgesetzt und mehrere Kuchen in den Ofen geschoben.

Am Wohnzimmertisch amüsierte man sich herzlich über die Geschehnisse. Ich nippte betreten an meinem Tee, doch hinter der Maske aus Reue und Anstand ratterte mein Verstand auf Hochtouren. Denn diese übertriebene Gastfreundlichkeit war vor allem eines: sehr verdächtig.

Hubertus A. Janssen

Rhein-Herne-Kanal

Acht Faltboote tauchen in Herne
am Horizont auf aus der Ferne.
Faltboothochkonjunktur
zwischen Emscher und Ruhr.
Faltboote entfalten sich gerne.

Mit Schnecken davon

Der Beauty-Bernd in Bissingheim
schwört Stein und Bein auf Schneckenschleim,
um sich in Schuss zu halten;
im Kampf gegen die Falten
lädt er zur Schleim-Abreibung ein.

Uwe Becker
Sitzenbleiber

Uwe Becker, Jahrgang 1964 und geboren in Witten an der Ruhr, hat trotz seiner Ehrenrunde in der neunten Klasse doch noch einen recht angesehenen Beruf ergreifen können. Er ist Redakteur einer Tageszeitung, verheiratet und hat zwei Kinder.

Sitzenbleiben? Durfte es eigentlich nicht geben. Jedenfalls nicht bei uns daheim. Woanders vielleicht, aber die Leute kannte man nicht so gut. Sitzenbleiben ging ja deshalb schon nicht, weil man dann ein »Sitzenbleiber« war. Eine ziemlich schlimme Sache, das wurde mir quasi schon ab der Grundschule eingetrichtert. Im Grunde hatte der Betreffende, auch das war klar, damit bereits die Chance auf einen einigermaßen achtenswerten Beruf verwirkt.

Vermutlich wussten auch meine Lehrer, dass Sitzenbleiben bei uns keine Option war. Sie haben aber keine Rücksicht drauf genommen. Zwei haben mir trotz der Tatsache, dass ich angekündigt hatte, die Klasse nur sehr ungern wiederholen zu wollen, eine Fünf gegeben.

In Mathe ist es dabei ganz schlecht gelaufen. Denn die Rettung war ja eigentlich schon sehr nahe gewesen. Es hatte sich nämlich der Rechenbeste der Parallelklasse tatsächlich geopfert und in ein leeres Klassenzimmer zurückgezogen, um die für ihn recht einfachen Aufgaben der letzten Arbeit mal fix zu lösen. Und sie mir und zwei Kumpels bei einem absolut dringend notwendigen Gang zur Toilette zur Verfügung zu stellen. Leider machen auch die Besten Fehler. Einfach mal ein paar Minuten am Fenster stehen zum Beispiel, nachdem man seinen Job erledigt hat. So, dass man vom Schulhof aus gesehen wird. Und ein Lehrer mal kurz nachschauen kommt, wer denn der Typ im Klassenzimmer ist, das ja eigentlich leer sein müsste. Ganz schlechtes Timing also.

So flog dann alles auf. Und weil sich am Ende herausstellte, dass ich tatsächlich mit zahlreichen Mängeln behaftet war, in Latein und Mathe jedenfalls, wurde mir deutlich gemacht: Wer Mängel in dieser Masse aufweist, bekommt dann eben ein Mangelhaft. Oder zwei. Wie ich.

Und damit war ich dann in der neunten Klasse einer dieser »Sitzenbleiber«.

Ich wusste nicht, wie sich das anfühlen würde, ob die Leute bei uns in der Straße hinter zugezogenen Gardinen auf mich zeigen und tuscheln würden: »Da ist er, der …«« – na ja, der eben. Oder ob in unserer überschaubar kleinen Großstadt die Leute in der Fußgängerzone ihre Kinder beiseite nehmen würden, wenn ich Richtung Lieblings-Plattenladen ging, und ihnen sagten: »So sieht ein Sitzenbleiber aus. Obacht.«

Irgendwann kam er dann, der erste Schultag nach den Sommerferien, in denen ich zu allem Überfluss auch noch durch die Nachprüfung gerasselt war. Und es kam der erste Besuch in meiner neuen Klasse. Wie würden die wohl reagieren? Wie ich mir das von den Leuten in der Straße vorstellte? Würden die überhaupt mit so einem reden, der tatsächlich die neunte Klasse nicht geschafft hatte?

Nix da, null Problemo, wie es damals hieß. Natürlich war Neugier da, ob da einer die Klassengemeinschaft bereichern würde oder nicht. Aber vor allem war Interesse vorhanden. Nicht von allen natürlich, aber immerhin von einigen, den meisten sogar. Vor allem von denen, die später wichtig werden würden als Freunde und gute Bekannte. Schon damals hat es sie nicht interessiert, warum ich denn wohl ein »Sitzenbleiber« war, sondern was ich sonst so dachte. Über Politik, über die Klasse, über die Lehrer und, ja, manchmal auch über die Liebe. Meine besten Freunde, mit denen ich auch heute noch eine Menge zu tun habe und manchmal über dieselben Dinge rede wie damals, lernte ich in dieser Zeit kennen. Wir haben in der Schule auch ein bisschen Mathe, Englisch und Bio gelernt, vor allem aber, zu diskutieren ohne zu streiten, weil wir politisch oft völlig gegensätzliche Meinungen hatten. Stundenlang dauerte das manchmal, mit nur einem echten Ergebnis: Die Freundschaft blieb.

Einige andere, die mir vom ersten Tag an zur Seite gestanden haben, mit denen ich nicht nur Radtouren unternahm, sondern auch den ersten Test bewusstseinserweiternder Mittel, verlor ich später aus den Augen. Schade, aber so isses nun mal. Nicht nur bei »Sitzenbleibern«.

Ich könnte heute, wenn ich wollte, sogar auf zwei Klassentreffen gehen. Aber die sind sowieso nicht mein Ding, und die Klasse, aus der ich »abgestiegen« war, interessierte mich schon nach Tagen kaum mehr. Weil mir schnell klar geworden war, dass für mich ganz persönlich das vorgebliche Scheitern und das Pech, dass einer erwischt wurde, der es noch ganz knapp hätte richten können, zur großen Chance und zum Glücksfall für mein späteres Leben werden würde.

Nein, ein Plädoyer für das Sitzenbleiben soll das hier nicht sein. Aber ein bisschen Werbung dafür, das Ganze nicht als Katastrophe zu sehen. Mein Leben hat es ausschließlich positiv beeinflusst. Sagt voller Überzeugung ein echter »Sitzenbleiber«.

L. Joseph Heid

Spott aus! Licht an! Aug' in Aug' mit Ilja Richter

Eine wahre Begegnung

L. Joseph Heid ist Neuzeithistoriker und lebt in Duisburg.

Im Jahre 1995 war meine wissenschaftliche Studie über ostjüdische Arbeiter in Deutschland im Ersten Weltkrieg unter dem griffigen Titel »Maloche – Nicht Mildtätigkeit« erschienen. In Wirklichkeit ging es in dem Buch um osteuropäisch-jüdische Arbeiter, die zwischen 1914 und 1918 in der Rüstungsindustrie des Ruhrgebiets in dieser Zeit tätig waren. Natürlich versuchte ich, das Buch, wo immer möglich, öffentlich vorzustellen. Eine Einladung erhielt ich aus Berlin. Buchpräsentation in der Jüdischen Volkshochschule in der Bundeshauptstadt. Thema: »Ostjüdische Arbeiter im rheinisch-westfälischen Industriegebiet 1914 bis 1918«.

Ich war pünktlich an der Volkshochschule in der Berliner Fasanenstraße erschienen, eher überpünktlich. Rechtzeitig am Veranstaltungsort zu sein, dachte ich, kann nicht verkehrt sein. Hat man doch noch Gelegenheit, einen Blick in das Manuskript zu werfen, sich in Ruhe auf den Vortrag vorzubereiten.

So parkte ich meinen Golf auf dem hauseigenen Parkplatz und begann, in meinen Unterlagen zu blättern. Vertieft in mein Vortragsmanuskript, bemerkte ich nicht, was um mich herum passierte: Als ich plötzlich aufgeschreckt hochblickte – war mein Auto von Polizei umstellt, Uzi im Anschlag! Offensichtlich hatte ich als Fremder den Argwohn der Objektschützer erregt, deren Auftrag lautete, das jüdische Gebäude vor etwaigen Anschlägen zu sichern. Angst fuhr mir in die Glieder. Man gab mir ein unmissverständliches Zeichen, die Scheibe herunterzulassen, und forderte mich im militärisch-barschen Ton auf, meine Fahrzeugpapiere zu zeigen. Eingeschüchtert, wie ich war, traute ich mich nicht, das Handschuhfach im Fonds des Wagens zu öffnen, dort, wo Führerschein und

Fahrzeugschein lagen, ich fürchtete, durch eine falsche Bewegung die mit Sturmhaube vermummten Polizisten zu einer nervösen Handlung zu provozieren. Was, wenn ein Polizist einen unruhigen Finger hatte? Eingeschüchtert flehte ich die Polizisten mit zitternder Stimme an, das Fach selber zu öffnen und die Papiere zu entnehmen. So geschah es dann.

Meine Person stellte sich als harmloser Fall heraus, und nach meiner Erklärung und dem Nachweis, ich sei eingeladen, hier einen Vortrag zu halten, ließ man von mir ab.

Noch ganz unter dem Eindruck des Vorgefallenen steuerte ich auf den Raum zu, der mir nachgerade einladend erschien, dorthin, wo ich vermeintlich meinen Vortrag halten sollte.

Zu meiner Verblüffung war der Raum bis zum letzten Platz gefüllt. Es war der Theatersaal der Jüdischen Volkshochschule, ausgelegt für 300 bis 400 Personen. Mir fiel sofort auf, dass nur Frauen im Saal waren, Damen mittleren Alters. Allesamt aufgebrezelt wie zu einer Galaveranstaltung. Ich konnte keinen einzigen Mann erblicken. Die sollten alle meinetwegen gekommen sein?, schoss es mir durch den Kopf. Das alles kam mir doch recht spanisch vor. Ich suchte nach einer Erklärung, fand keine, schob es auf mein interessantes, wenn auch sperriges Thema, von dem die Erschienenen wohl nie zuvor etwas gehört hatten und die nunmehr neugierig auf den Referenten aus der Ruhrgebietsprovinz warteten. Doch so recht wollte ich dem Braten nicht trauen.

Was sollte ich machen? Langsam und vorsichtig bewegte ich mich in Richtung Bühne, erklomm die wenigen Stufen und steuerte auf das Rednerpult zu. Die Strahler waren auf mich gerichtet, der Saal selbst war ein wenig abgedunkelt, doch hell genug, um in fragende, zum Teil entgleiste Gesichter zu blicken. Man hielt mich wohl für den hauseigenen Techniker, einen Kalfaktor, der dafür sorgen sollte, dass alles für einen größeren Auftritt gerichtet war. So stand der Ruhrgebietsjunge inmitten eines überfüllten Theatersaals für einen Augenblick ganz im Mittelpunkt eines verstörten Publikums.

Ich war im Begriff, mein Manuskript auf das Rednerpult zu legen, als mehrere Personen durch die Eingangstür des Saales schritten. Vornweg, ganz unverkennbar – Ilja Richter, begleitet von offiziellen Vertretern des Hauses, der nach zwei Schritten kurz stehen blieb. Alle Augen auf ihn gerichtet, ergoss sich ein Beifallssturm über ihn. Die Damen klatschen, was das Zeug hielt, und Richter, an Beifall gewöhnt, genoss es. Er verbeugte sich ansatzlos und hob winkend eine Hand zum Gruß, den Kopf hin und her wendend.

Ich stand unterdessen mutterseelenallein vorne auf der Bühne, während mich niemand beachtete. Mein einziger Gedanke war, nur schnell weg von hier, du bist auf der falschen Veranstaltung. Nur jetzt nicht noch beim Abgang von der Bühne ins Straucheln geraten, wo ohnehin schon alles peinlich genug war.

Vorsichtig, um bloß nicht auf dem letzten Meter noch zu stürzen, schritt ich mit weichen Knien von der Bühne, und nach wenigen Schritten hatte ich den immer noch im Eingangsbereich verharrenden und den Beifall genießenden Ilja Richter erreicht, der gekommen war, seine soeben erschienene Autobiografie einem dankbaren Publikum vorzustellen. Als ich auf seiner Höhe war, hob er kurz freundlich den Kopf, blickte mich an und deutete jovial eine Verbeugung an, ohne wirklich begriffen zu haben, was sich soeben mit mir als Nebendarsteller abgespielt hatte.

Schleunigst suchte ich das Weite, um am Schwarzen Brett in der Vorhalle Ausschau zu halten, wo denn mein Vortrag tatsächlich stattfinden sollte. Raum 002, Untergeschoss, las ich. So ist das also, war mein Gedanke: Ich im Keller, während sich Ilja Richter im Festsaal von hunderten begeisterten Damen feiern lässt, die erwartungsvoll an seinen Lippen hängen.

Im Raum 002 wurde ich von fünf Männern erwartet, die offensichtlich hinreichend Interesse an meinem Vortrag hatten. Wenigstens sie waren meinetwegen gekommen. Da bis zum Vortragsbeginn noch einige Minuten Zeit war, konnte ich mich noch ein wenig vom zuvor Erlebten sammeln. Und tatsächlich kamen noch drei Nachzügler, die dem Referenten aus dem Ruhrgebiet lauschen wollten. Ich jedenfalls dachte darüber nach, was ich wohl unternehmen müsste, damit hunderte Frauen auch meinen Auftritt beklatschen würden.

Stephanie Polberg
Erlebnisse in einer Buchhandlung

Die tägliche Arbeit in einer Buchhandlung ist manchmal kurios, gelegentlich passieren seltsame Dinge, die Kunden haben merkwürdige oder kryptische Wünsche und kein Tag ist wie der vorhergehende. Von drei denkwürdigen und lustigen Begegnungen möchte ich hier erzählen:

Vor nicht allzu langer Zeit ist das neue Buch von Hape Kerkeling »Der Junge muss an die frische Luft« erschienen.

An einem regnerischen Nachmittag betrat eine reifere Dame mit Hund meinen Laden.

Kundin: »Ich hätte gerne das Buch von dem Kerkeling.«

Ich: »Der Junge muss an die frische Luft.«

Daraufhin schaute mich die Kundin ganz empört an, schaute dann auf den Hund und sagte: »Aber wir kommen doch grade von draußen.«

Da bleiben Sie mal ernst …

Noch schwerer fiel es mir allerdings, bei folgender Geschichte ernst zu bleiben:

Es war ein trubeliger Tag vor Weihnachten, als ein junger Mann schwungvoll die gut gefüllte Buchhandlung betrat. Er schaute sich suchend um und posaunte laut durch den Laden: »Wo haben Sie denn hier die Bücher, wie mache ich es mir selbst?« Augenblicklich breitete sich Stille im Laden aus, und alle schauten den Rufer an.

Mühselig und unter Aufbietung aller Contenance konnte ich dem Herrn antworten: »Reparaturanleitungen kann ich Ihnen gerne bestellen«, denn ich wusste, er suchte nicht etwa ein Buch über außergewöhnliche Onaniertechniken, sondern schlicht eine Reparaturanleitung aus der Reihe »Jetzt helfe ich mir selbst«.

Die grinsenden Gesichter der Kunden und den hochroten Kopf des jungen Mannes, der schnell gemerkt hatte, was er da eigentlich laut herausposaunt hatte, werde ich nie vergessen.

Hochroter Kopf ist dann auch das Stichwort für die dritte wahre Begebenheit:

Ein warmer Sommertag im August 2012; ein junger Mann und eine Stammkundin schmökern in den Neuerscheinungen, als eine junge Frau hereinkommt und sich das gerade aus der Verlagslieferung ausgepackte erste »Shades of Grey«-Buch von der Theke nimmt und beginnt, laut daraus vorzulesen.

Die Kundin schaut leicht irritiert, der junge Mann höchst interessiert, als bei der Heldin des Buches mal wieder vor Wonne beim Sex die innere Göttin zerbirst.

Als die Dame fertig mit vorlesen ist, fragt sie mich, wie ich es mit meinem Gewissen vereinbaren kann, so etwas zu verkaufen. Ich erkläre ihr geduldig, dass wir in Deutschland das große Glück haben, die Freiheit des Wortes zu besitzen und ich als Buchhändlerin ja nicht alles lesen und gut finden muss, was ich den Kunden anbiete. Ich würde das Buch nicht an Minderjährige verkaufen, und außerdem würde in dem Buch einvernehmlicher Sex zwischen erwachsenen Menschen geschildert, was ja nichts Verbotenes sei.

Die Dame verließ daraufhin den Laden, und der junge Mann folgte gleich darauf.

Die Stammkundin und ich schauten uns einen Augenblick lang ratlos an und mussten dann beide lachen. Das war schon fast wie bei der versteckten Kamera.

Meine Kundin hat dann eingekauft, und als sie gerade die Buchhandlung verlassen wollte, kam tatsächlich ein

Filmteam vom knallharten Recherchesender RTL2 in den Laden. Das hatte wirklich mit versteckter Kamera gedreht und sich wohl erhofft, eine peinlich berührte oder schamesrote Buchhändlerin einzufangen. Tja, das konnte ich ihnen nicht bieten, und auch die zwei anderen Buchhändlerinnen, die das Filmteam an diesem Tag noch »überrascht« hat, sind souverän geblieben. Wir Buchhändlerinnen sind halt Frauen, die so leicht nichts umwirft und die in jeder Situation ruhig bleiben.

Abends konnte ich mich dann selber bei RTL Explosiv im Fernsehen anschauen. Das hat man ja auch nicht jeden Tag, und für RTL2 ist es »dumm gelaufen«.

Stephanie Polberg. Geboren 1969, wuchs ich unweit der A40 in Essen auf und habe schon als Kind alles, was mir unter die Finger kam, gelesen. Nach Abitur und Buchhändlerlehre habe ich 1996 die Chance ergriffen und meinen Traum wahr gemacht: eine eigene Buchhandlung in Essen-Steele. Lesen ist noch immer meine große Leidenschaft, und das wissen meine Kunden zu schätzen. Schreiben, das war eine neue Erfahrung. Aber wenn der Lieblings-Ruhrgebietsverlag anfragt, sagt man doch gerne ja und öffnet das ›Schatzkästchen‹ der gesammelten Dönekes aus dem Laden.

Hermann Beckfeld
Grabowski & Co.

Hermann Beckfeld wurde 1955 in Bottrop geboren; er ist seit 17 Jahren Chefredakteur. Seit 2012 schreibt er an jedem Samstag im Wochenendmagazin der Ruhr Nachrichten, der Dorstener Zeitung, der Halterner Zeitung, der Münsterland Zeitung ... einen Brief; oft an Prominente, manchmal an Menschen, die etwas ganz Besonderes erlebt haben. Band 1 und Band 2 seiner Bücher *Ganz persönlich. Beckfelds Briefe* beinhalten eine Auswahl dieser Briefe.

Es gibt Tage im Leben, da weißt du: Jetzt musst du aktiv werden, jetzt bist du gefragt. Und nur du.

I.

Kleiner Maulwurf, du bist nicht groß,
doch wenn du auftauchst, ist stets was los.
Wir bleiben Freunde, was auch geschieht
und singen dir – das Maulwurf-Lied!

Vielleicht ist es Ihnen auch aufgefallen. Auf Bildern sieht der Maulwurf immer gleich aus: lebensfroh, relaxed, total gelassen. Nach vier Wochen oder 277 Erdhügeln auf meinem einst so gepflegten englischen Rasen weiß ich, warum: Unser kleiner Freund lässt sich nicht ins Bockshorn jagen – und schon gar nicht aus meinem Garten.

Die Geschichte beginnt, wie viele Geschichten beginnen, die das Leben schreibt: mit heimlicher Schadenfreude. Über die Nachbarn zur linken und rechten Seite, die mit ihrem Mäher keinen Rasen bearbeiten, sondern eine Hügellandschaft umkurven. Und bei uns: eine sattgrüne, ebene Fläche, absolut maulwurffrei.

Bis, ja bis eines Tages ich aus dem Dachfenster heraus ein kleines Hügelchen (man achte auf die doppelte Verniedlichung) entdecke. Ach, hat sich der fast blinde Grabowski verirrt, beruhige ich mich und versuche, den Ausflug des ungeliebten Gastes mit dem Abtragen des Erdhügels zu vertuschen. Doch Grabowski bleibt und baggert. Und baggert und baggert und baggert. Mit den Vorderfüßen, wie ich im Internet recherchiere. Damit kann er das Zwanzigfache seines eigenen Körpergewichts hochdrücken. Und da der Talpa europaea, also unser ganz gewöhnlicher europäischer Maulwurf, zwischen 80 und 120 Gramm wiegt, schaufelt er Unmengen Mutterboden ans Tageslicht. Einen Tarifvertrag scheint er nicht zu kennen. Grabowski schaufelt nämlich Tag und Nacht, und ich schaufle die Erde Tag und Nacht auf die umliegenden Beete. Mittlerweile, so vermute ich, muss unser Grundstück von seinen Gängen so unterhöhlt sein wie Berlin von U-Bahn-Tunneln.

Attacke! Selbstredend gehe ich generalstabsmäßig vor. Zuerst muss ein Bild vom Feind her. Und der ist gerade mal 16 cm groß, hat ein weiches, schwarz glänzendes Fell, kommt auf eine Spitzengeschwindigkeit von mickrigen 3,9 km/h und vertraut seinem besten Freund im Dschungel. Im Dschungel der Gesetze. Laut § 20 des Bundesnaturschutzgesetzes steht das Viech unter Artenschutz. Im Klartext: vertreiben ja, töten nein.

Was mir auch der nette Volker Homes, Artenschutzbeauftrager beim World Wildlife Fund (WWF) für Deutschland bestätigt. Aber für Maulwürfe sei er nicht zuständig. Wörtlich: Wenn ich einen Wal im Gartenteich hätte, könnte er mir helfen. Er verweist mich an die Landesanstalt für Ökologie, Bodenordnung und Forsten NRW.

Dort erklärt mir der ebenfalls sehr freundliche Dezernent Peter Schütz, dass wir hier mitten im deutschen Epizentrum der Maulwürfe lebten und wie man sich vor den Säugetieren schützen könne, wenn sie noch gar nicht da seien. Ich solle einen 40 bis 80 Zentimeter tiefen Graben rund ums Grundstück ziehen oder eine starke Folie eingraben, quasi einen Limes für Maulwürfe. – Zu spät. Immerhin verrät Herr Schütz mir ein Geheimrezept. Ich solle es mit Buttermilch versuchen. Die könnten die Untermieter gar nicht riechen.

Glücklicherweise ist Buttermilch bei Aldi an diesem Tag im Sonderangebot. Gleich palettenweise schütte ich sie in die Löcher. Doch der Schuss geht nach hinten los. Als wenn die Buttermilch die Produktivität des Nagers noch steigerte, kontert der bis zum nächsten Morgen mit vier neuen, sehr stattlichen Erdhügeln.

Ich lasse nicht locker und telefoniere mit der überaus netten Birgit Königs vom Naturschutzbund Deutschland (NABU). Sie sagt mir vorab, wie wichtig der Maulwurf sei, schließlich habe er ständig Heißhunger auf Schädlinge wie Käferlarven und Engerlinge – leider auch auf Regenwürmer, die ja fürs biologische Gleichgewicht so wichtig sind.

Bei aller Tierliebe erwähnt Frau König auch eine Verfolgungsmethode, die ich natürlich sofort in die Tat umsetze, bis ich Blasen an den Händen habe. Ich schlage eine Eisenstange in den Boden und hämmere stundenlang auf sie ein. Die Schallwelle soll den Maulwurf mit seinem sensiblen Gehör sofort zur Auswanderung in Nachbars Garten verleiten. – Von wegen. Mein musikalischer Freund rächt sich für das Konzert mit sechs neuen Hügeln. Vielleicht hätten meine Kinder besser mit der Blockflöte vor den Löchern spielen sollen. Höchstwahrscheinlich wäre der Erdwerfer aus Deutschland geflohen.

Einer wie ich gibt so schnell nicht auf. Bestimmt weiß die fachkundige Basis Rat. Also rufe ich Irma Küching an, selbst stolze Kleingartenbesitzerin und Vorstandsfrau im Kleingartenverein Loheide in Dortmund-Husen. Sie kennt gleich eine ganze Reihe von Tricks, die ihre Kleingarten-Nachbarn getestet haben.

1. Eine Schulklasse einladen und tagelang auf dem Rasen toben lassen.

2. Über Eisenstäbe leere Plastikflaschen stülpen, die im Wind rotieren und Schallwellen erzeugen.

3. Beim Friseur abgeschnittene Haare besorgen und am besten gemeinsam mit Orangen und Nelken in die Löcher stopfen.

Leider – oder glücklicherweise für Frau Küching – scheinen die Plagegeister in Kleingarten-Nachbars Garten nicht nur fast blind, sondern taub und absolut geruchsunempfindlich zu sein. Jedenfalls bleiben sie, wo sie sind, was auch an der Abschreckungsmethode der Küchings liegen kann. »Schließlich haben wir in unserem Garten Verbotsschilder für Maulwürfe aufgestellt«, sagt sie nämlich zum Abschied.

Zum Lachen ist mir längst nicht mehr zu Mute. Ich suche Hilfe im Fachmarkt. Betriebsleiter Gero Lamberti vom Garten-Center Augsburg in Schwerte raubt mir sofort alle Illusionen. Das ganze billige Abwehr-Angebot hätten sie gar nicht mehr im Sortiment, gesteht er. Die Reaktion der verärgerten Kunden sei immer gleich: Geld weg, Maulwurf da. Er empfiehlt den neuen, elektronisch gesteuerten »Wühlmaus-Stop« für 119 Euro. Das Wunderding würde dank eines Zufallgenerators unregelmäßig die unangenehmsten Schallwellen ausstrahlen und zu »95 Prozent« die Maulwürfe verjagen.

Keine Frage. Ich habe die 119 Euro investiert. Heute werde ich die Superwaffe einsetzen – und ich seh ihn schon vor mir, unseren völlig genervten Maulwurf, wie er auf seinem letzten Erdhügel in meinem Garten steht und die weiße Fahne in der fünffingrigen Grabhand hält, kurz bevor er zum Nachbarn abmarschiert.

PS: In Abwandlung von Sepp Herbergers Fußball-Weisheit ist nach dem Maulwurf vor dem Maulwurf. Was bedeutet: Ich muss unbedingt verhindern, dass die Nachbarn dieses

Buch lesen und sich mit meinem Wissen zum Gegenangriff rüsten. Andernfalls bin ich der Erste im Garten-Center und kaufe alle »Wühlmaus-Stops« auf.

Sicher ist sicher.

II.

Es war der Tag, an dem der Fischreiher wieder in der Baumkrone hockte und herabstarrte auf meinen Garten. Doch anders als sonst stürzte er sich nicht irgendwann in die Tiefe und auf meine wehrlosen Fische im Teich. Nein, er flog davon, würdigte den Teich, den Garten und schon mich keines Blickes.

Ehe mich das Gefühl der Erleichterung beschleichen konnte, weil ich jeden einzelnen Fisch liebte (es waren nicht mehr so viele), dämmerte es mir, und die Wahrheit war brutal: Selbst dem gefräßigsten aller Fischreiher war mein Gewässer, war mein ganzer Stolz schlichtweg zu dreckig. Er hatte keine Lust, im Trüben zu fischen, mit ekligen Fadenalgen an seinen hässlichen Stelzenbeinen und dem modrigen Geruch in der noch hässlicheren Nase (wenn Fischreiher denn überhaupt eine Nase haben).

Höchstwahrscheinlich war es Zufall, ich nenne es Fügung, dass genau an diesem Tag der Familienrat tagte. Wir saßen am Küchentisch und hatten den Teich im Blick. Glücklicherweise konnten wir von dort nicht auch noch meinen selbstgebauten Wasserfall sehen, ansonsten wäre mein zweites Sorgenkind ebenfalls auf die Tagesordnung gekommen. Zu Recht, wie ich eingestehen muss. Mein Wasserfall hat nämlich massive Kreislaufprobleme, die unsere Haushaltskasse schwindelig machen. Wasser, das die Pumpe nach oben jagt, kommt nicht wieder im Auffangbecken an, es versickert irgendwo im Erdreich, und ich muss ständig nachfüllen. Die Wasseruhr rast schneller als mein Puls nach einem 10 000-Meter-Lauf.

Doch zurück zu meinem Teich. Mit 3:1 Stimmen fiel die Entscheidung zu meinen Ungunsten aus. Meine beiden Töchter hatten sich einmal mehr mit meiner Ehefrau solidarisch erklärt, was daran lag, dass das Trio direkt nach dem Frühstück im Oberhausener Centro shoppen gehen wollte, und da war Mamas Portmonee den Mädels näher als meine Liebe zu geschätzten 10 000 Liter verseuchtem Wasser. Das Urteil: Ich bekam eine letzte Chance. Sollte der Teich binnen eines Jahres nicht so sauber sein wie der Rhein vor 1000 Jahren, würden wir mein schönstes Stück Garten zuschütten.

Es zählte jeder Tag, der Countdown lief.

Ich machte mich sofort auf zum Gartencenter meines Vertrauens, wohl wissend, dass an diesem Morgen dort Kunden kostenlos ihr Teichwasser testen durften. Ich verzichtete darauf, eine Kostprobe meines eigenen Versagens in ein Reagenzglas abzufüllen und dem erbarmungslosen Test preiszugeben. Sie ahnen, warum. Ich schämte mich für die stinkende Brühe.

Drei nicht einmal ganz ehrliche Sätze von mir reichten dem Vertreter der Söll GmbH, einem weltweit führenden Konzern für saubere, gesunde Gewässer, um meinen Problemen auf den Grund zu gehen, den ich in meinem Teich seit Jahren nicht mehr gesehen hatte. »Ihr Teich«, sagte der Experte, »braucht die volle Dröhnung, sonst ist er nicht mehr zu retten.« Die volle Dröhnung kostete 77,38 Euro und war ein genau abgestimmter Drei-Stufen-Plan mit drei Killerdrogen: Söll Teichfit, Söll Algosoll und zum bitteren Ende für alle Feinde meines Teiches Söll Algenstopp.

Ich tat, wie mir aufgetragen. Hielt mich an die Tipps des Experten, an die Gebrauchsanweisung in Deutsch, Französisch und Englisch, an den minutiösen Zeitplan.

Was weder ich noch mein freundlicher Berater noch Aldi wissen konnten: Das Superschnäppchen des Discounters, Wasserpflanzen im Kübel für nur 3,99 Euro anzubieten, kam für mich zur Unzeit.

Donnerstags morgens um 8 Uhr, als einer der Ersten, stürmte ich Richtung Aldi-Sonderangebote und war beim Einkauf der Wasserrosen gieriger als mein Fischreiher zu sauberen Teichzeiten. Gleich 30 Exemplare packte ich in den Einkaufswagen, und die Kassiererin, die ansonsten nichts aus der Ruhe bringen kann, fragte mich mit sichtlichem Respekt, ob ich Schloss- oder Burgenbesitzer sei. So viele Pflanzen bräuchte man nur für Wassergräben rund um stattliche Anwesen.

Eine Stunde später versenkte ich die Körbchen samt Pflanzen im Teich und sollte sie für lange Zeit nicht wiedersehen. Das Wasser war von jetzt auf gleich noch dreckiger geworden.

Ich war verzweifelt, machte meine Leidensgeschichte zur Chefsache. Im mailte einen Hilferuf direkt an das Management der Söll GmbH. Minuten später wusste ich, was ich falsch gemacht hatte. Nie und nimmer, so antwortete mir der überaus freundliche Herr Bodenschatz der Söll GmbH, hätte ich die Körbe mit Blumenerde füllen dürfen; die sei Gift für mein Teichwasser. Das nenne ich Kundenservice. Am nächsten Tag traf ein Erste-Hilfe-Paket mit vier Dosen Zauberpulver inklusive individualisierter Gebrauchsanweisung ein. Ich tat, wie befohlen, schüttete es in streng verordneter Reihenfolge in meinen Teich … und – alle Hochachtung, liebe Söll GmbH –

plötzlich war das Wasser so klar, dass ich den Grund und jeden noch so winzigen Goldfisch sah.

Leider nur für einen Tag. Dann hatte ich den Durchblick wieder verloren. Schuld waren ich und ein bisschen auch mein Nachbar. Der stand vor meiner Haustür, mit einem traurigen Gesicht und einem Eimer voller prächtiger Volkskois in der Hand. Ich solle seine Fische nehmen, er müsse seinen Teich aufgeben.

Ich nahm das Angebot an. Aus Mitleid (der Nachbar war Pole und sein Team gerade bei EM ausgeschieden), mehr noch aus eiskalter Berechnung (er wollte für seine Fische nur einen Kasten Bier haben).

So viele Fische kann ihr Teich nicht verkraften, schimpfte mein Herr Bodenschatz, gab mir aber trotzdem den entscheidenden Tipp: Jetzt könne es nur noch an meiner Filteranlage liegen.

Im Gartencenter meines Vertrauens kannte jeder Verkäufer mittlerweile meinen Namen und mein Problem. Alle schienen zu ahnen, dass nicht nur mein Teich, sondern bald auch meine Ehe baden gehen würde. Gleich drei Teichfreunde – so dürfen sich Berater nennen, die den Kunden daheim besuchen – kümmerten sich um mich. Mehr willenlos als fest entschlossen schlug ich zu, überzog mein Konto und investierte in zwei neue Pumpen, eine für den Filter und eine für Sauerstoff. Und um ja nichts dem Zufall zu überlassen, erhöhte ich die UV-Kraft von 9 auf 18 Watt. Machte insgesamt 278,99 Euro.

Ob Sie es glauben oder nicht: Schon am nächsten Morgen standen Frau und Töchter am Ufer und wussten nicht, wen sie zuerst bewundernd anstarren sollten – das klare, saubere Wasser, die 50 Pflanzkörbe auf dem Teichboden, die zwei funktionierenden und vier stillgelegten Pumpen, den Schwarm der deutschen Goldfische, den der polnischen Kois – oder mich, der sich zurecht als Held des Gartens feiern ließ. Doch mitten in die Lobeshymnen hinein krächzte und flatterte es aus heiterem Himmel. Wir blickten nach oben, ich wollte meinen Augen nicht trauen. Mein gefräßiger Fischreiher war heimgekehrt, nahm direkt Kurs auf seinen Stammplatz im Baumgipfel. Dort ließ er sich nieder, starrte verächtlich und gelangweilt auf uns herab und wusste, dass seine Zeit kommen würde. Er sah sehr, sehr hungrig aus.

Achim Hodde
Freude schöner Ordnungsfunken

Achim Hodde, Jahrgang 1955, ist kein waschechter Ruhrpottler. Geboren und aufgewachsen ist er in Velbert, wo er sich auch seine ersten journalistischen Sporen verdiente. Sein düsteres Urteil: Schon früher war in der Schlossstadt nicht viel los, heute ist da tote Hose. Fast 40 Jahre ist Hodde durch verschiedene Redaktionen des Reviers getingelt und hatte viel Spaß dabei. Na ja, jedenfalls meistens. Zwischendurch war er fast sieben Jahre in angelsächsischen Ländern. Was Hodde sonst noch so treibt, kann man sich unter www.banjo-talks.de anschauen und anhören. Er ist verheiratet, hat einen Sohn und lebt seit Jahrzehnten in Essen.

Sie kennen Reflux, oder? Das ist so, als käme einem permanent der Kaffee hoch. Ich meine jetzt nicht die erbliche Veranlagung, die fürs Sodbrennen verantwortlich ist. Ich rede vom sauren Aufstoßen, wenn man die S-Bahn betritt oder manchmal einfach nur das Haus verlässt. Bisweilen reicht aber auch der Blick ins Jugendzimmer. Jede Menge Krümel, oder, schlimmer noch, alte Socken auf dem Boden – gepaart mit verknickten Schulheften und einem Skateboard obendrauf. Und dazu der gelangweilte und zugleich provokante Gesichtsausdruck des lieben Mitbewohners: »Was is, Alter?«

Reflux war mir in meinem früheren Leben gänzlich unbekannt. Es setzte ein, als mein Sohn in die Pubertät kam – etwa, als er sechs wurde. Seitdem begleitet mich diese nette Unpässlichkeit. Ich denke häufig an meinen Schwiegervater, der einst sagte: »Der macht Spaß für drei.« Ich erinnere mich noch ganz genau, wie ich damals herzhaft gelacht habe. Ich muss zugeben, dass mir diesbezüglich der Humor inzwischen ein wenig abhandengekommen ist. »Ihr Sohn kennt seine Grenzen nicht« war bereits im Kindergarten ein häufig gehörtes Sätzlein, das mich auch in den darauffolgenden Schuljahren begleitete. Machen wir das etwa mit Absicht, meine Frau und ich? »Heute, mein Schatz, überschreitest du bitte deine Grenzen, um Frau Sziselibowsky-Heyenrath in den Wahnsinn zu treiben.« Meine Güte!

Da fragte mich doch glatt eine Lehrerin (Englisch, Religion) – mein Sohn, ich nenn ihn mal Albert, falls er das hier liest, war gerade in die Schule gekommen – vor versammelter Mannschaft auf dem Schulhof, ob der Spross in Behandlung sei. Man lasse sich das mal auf der Zunge zergehen. Beinah wär mir rausgerutscht: »Nein, aber ich kenn da jemanden, der …« Aber Sie wissen schon, das lässt man besser bleiben, weil Alberts Zukunft sonst gleich dort auf dem Schulhof besiegelt worden wäre.

Nicht, dass wir mit unserem Söhnchen nicht auch fröhliche Zeiten erleben. Zwischen vergammelten Butterbroten im Bettkasten und einmal acht Fünfen auf dem (Zwischen-)Zeugnis kam immer mal wieder so etwas wie ein beschauliches Familienleben auf. Und wenn ich ehrlich bin, hat Albert so seine Vorzüge: Er geht offen auf Menschen zu, ist sehr kommunikativ und hilfsbereit. Und wenn man das Bübchen mal wieder so richtig ins Herz geschlossen hat, gibt's prompt einen Tritt in die Weichteile. Wie letztens wieder.

Albert, er ist mittlerweile 16, hat das gelegentliche Rauchen für sich entdeckt. Ich weiß noch, wie das bei mir war. Gute Worte halfen da wenig. Meine Eltern rauchten schließlich beide. Auch im Auto, und zwar abwechselnd. Da kam so einiges an Zichten zusammen auf dem Weg nach Italien, im VW-Käfer. Mir wurde anfangs jedes Mal schlecht. Meine Eltern sagten dann später im Verwandtenkreis: »Der Jung verträgt das Autofahren nicht.« Also fing ich irgendwann selbst an zu qualmen. Meine Frau ist da anders. Sie sieht den Bengel schon mit chronischer Bronchitis in der Gegend rumlaufen. Das ist kein schöner Gedanke, und deshalb reden wir ständig auf ihn ein wie auf ein krankes Pferd. Bislang leider erfolglos.

Dann flatterte der Brief vom Ordnungsamt ins traute Heim. Unser Sohn war nebenan auf dem Spielplatz (!) beim Rauchen erwischt worden. Schnell weg mit der Fluppe, dachte sich Albert, aber da hatten die beiden Ordnungskräfte schon zugeschlagen. Name, Anschrift, Geburtsdatum – das Übliche halt. »Halb so schlimm«, meinte der eine in seiner blauen Uniform, »du kommst mit einer Verwarnung davon.« Dem Filius kletterte das Herz langsam wieder aus der Hose in Richtung Stammplatz. Noch mal gutgegangen!

Aber wie Ordnungskräfte manchmal so sind, wiegen sie einen erst in Sicherheit, um dann hintenrum durch die kalte Küche ihre geballte Staatsmacht zu demonstrieren. So wurden Sohn und Vater denn auch wenig später per Brief ins Essener Ordnungsamt vorgeladen. Ich war richtig sauer. Auf meinen Sohn, weil er auf dem Spielplatz geraucht hatte und auch noch so blöd war, sich erwischen zu lassen. Zum andern auf die Ordnungskräfte, die es offensichtlich nicht bei der Verwarnung belassen wollten.

Und da saßen wir jetzt, vor dem Schreibtisch der Ober-Ordnungskraft. Ob ich nicht wüsste, dass Rauchen in Deutschland erst ab 18 erlaubt sei. Und wie ich mir das nun weiter vorstellen würde mit meinem Sohn und dessen verwerflichem Verhalten. Das müsse doch Konsequenzen nach sich ziehen. Und so weiter und so fort. Meinen zaghaften Einwurf, dass man da doch nur an die Vernunft appellieren könne und Strafe, in welcher Form auch immer, nicht viel nütze, betrachtete die Ober-Ordnungskraft als persönlichen Angriff: »Die meisten Eltern, die hier vor mir sitzen, geben mir in allem Recht, was ich sage, und unterstützen mich!« Wahrscheinlich, weil sie dann schneller wieder draußen sind, dachte ich, sagte es aber nicht. Die echten Säulen unserer Gesellschaft sind ja meist mit Humor nicht gesegnet. Das eine scheint das andere auszuschließen. Und so ließ ich den guten Mann reden und meinen Blick schweifen.

Dann sah ich sie plötzlich, die Schachtel Zigaretten, wie sie mich vom Regal hinter meinem 1-a-Beamten geradezu anlachte. Ich spürte, wie mir das Schokobrötchen langsam die Speiseröhre hochkrabbelte – und schon war es um mich geschehen. Ich schlug mich, wie von Geisterhand gelenkt, auf die Seite des so häufig gescholtenen Nachwuchses. Ja, er, der Schutzengel aller Jugendlichen, sei ja augenscheinlich das Vorbild in Person, legte ich los. Quasi Standpauke mit Zigaretten in der Hand. »Das ist ja wohl das Allerletzte; was haben Sie eigentlich Ihren Kindern erzählt«, schleuderte ich ihm entgegen. »Ich muss kein Vorbild mehr sein«, stotterte mein Gegenüber und lieferte mir damit weitere Munition. In welchem Alter ich meine Vorbildfunktion denn dann bitte schön ablegen könne. Binnen weniger Minuten war ich so in meinem Element, dass sogar mein Sohn Mitleid hatte und mir unter dem Tisch einen Tritt versetzte.

Als der Staatsdiener dann auch noch wissen wollte, wer meinem Sohn die Zigaretten verkauft hatte, war's vorbei mit meiner Contenance. »Denunziantentum, hatten wir das nicht schon mal?« Danach ging alles ganz fix. Albert musste noch seine mehr als lückenhafte Stellungnahme quittieren, und wir wurden mit den Worten entlassen: »Das geht jetzt ans Jugendamt, wo alles weitere entschieden wird.«

Der Filius wusste meinen heldenhaften Einsatz durchaus zu schätzen. Nur hör ich jetzt bei unseren Diskussionen immer häufiger: »Gib hier bloß nicht den Ordnungsbeamten.« Was meinem Reflux nun überhaupt nicht bekommt.

Hubertus A. Janssen
Nachmittags im Baldeneysee

»Hier zieht's wie Hechtsuppe«, sagte
der schon länger flüchtige
Koikarpfen zur Rotbauchunke,
die es dem Gelbrandkäfer
zuflüsterte, was dieser
da unten kaum verstand,
jedoch in abgeschwächter
Tonqualität an den Teichmolch
weitergab, um seiner
Informationspflicht Genüge getan zu haben,
als oben auf dem Wasser
zeitgleich ein
Lehrpaddelboot des
kürzlich aus der Taufe gehobenen
Rudervereins »SV Ruhr-Emscher«,
mit wenigen Ruderbootzöglingen drin,
noch relativ unkoordiniert
seine Bahnen zog
und der dadurch erzeugte Wellenschlag,
eine Art Miniatursturmflut
von kurzer Dauer,
auslöste.

Anja Kiel
Nur mal schnell

Anja Kiel, Jahrgang 1973, lebt in Hagen. Nach einem Volontariat in einer Zeitschriftenredaktion schrieb sie als freie Autorin Artikel über Kunst und Kultur, Friseure und Fahrräder. Inzwischen hat sie zwei Kinder und weniger Zeit zum Schreiben. Dumm gelaufen? Nein! Mit ihrer Mutter Inge Meyer-Dietrich verfasste sie den Fantasy-Ruhrgebiets-Roman *Die Hüter des Schwarzen Goldes*, und sie veröffentlichte Kinderbücher. Als Autorin für Kinder und Erwachsene lebt Anja Kiel nun ihren Traumberuf.
[www.anjakiel.de]

Schon vor der Wohnungstür höre ich das Telefon klingeln. Lasse die Einkaufstaschen fallen, durchsuche meine Jackentaschen.

»Mama, Pipi!« Mia zerrt an meinem Ärmel.

»Gleich, Schatz!«

Die Schlüssel stecken in der Jeans, die ich schon dreimal abgetastet hatte.

Das Telefon verstummt. Ich kicke die Einkäufe in den Flur, knalle die Tür zu und renne mit Mia zum Klo. Keine Sekunde zu früh. »Wasch dir noch schnell die Hände, ja?«

Ich stürze zum Telefon, das erneut zu klingeln begonnen hat. Meine Schwester. »Hey Süße, stör ich? Du wolltest mir die Adresse von dieser neuen Boutique geben!«

»Moment, hab den Flyer im Portmonee!« Die Handtasche liegt noch im Flur. Handy, Tempos, Feuchttücher, Bauklötze … Bauklötze?! Kein Portmonee. Bestimmt in einer der Einkaufstaschen. Bio-Möhren, Reiswaffeln, ein Tetrapak Ziegenmilch. Gibt's doch nicht. Noch mal die Handtasche. Da ist der Schnuller, den ich gestern Abend gesucht habe. Wo ist das verdammte …

»Mama! Guck mal!«, schreit es aus dem Wohnzimmer.

»Gleich!«

Noch mal die Einkaufstaschen. Zuckerfreie Dinkelkekse, Instant-Kartoffelpüree – das selbstgemachte isst die Kleine ja nicht, Anis-Fenchel-Tee.

»Mama!«

»Ja, ich kann jetzt nicht, verdammt noch mal!«

Rabenmutter. Meine Hände sind feucht.

»Katja? Sorry, mein Portmonee ist weg. Ich ruf zurück!«

Wenn ich das alles nicht so gut kennen würde. Im ICE nach Berlin hatte ich mein Portmonee schon liegen gelassen. Und auf dem Autodach. Ich hatte nur schnell Mia angeschnallt. Nur mal schnell. Mein Motto. Drei Wochen später – ich hatte alle Karten und Ausweise neu beantragt – lag das Portmonee im Briefkasten. Alles noch drin bis auf das Bargeld.

Gibt's doch nicht.

Im Auto? So wie mein Handy vor zwei Monaten? Das hatte eine ganze Nacht im unverschlossenen Wagen auf dem Beifahrersitz gelegen. »Sowat geht nur im Ruhrpott!«, hatte mein Schwiegervater gesagt und den Daumen nach oben gestreckt. »In Berlin wär dat wech gewesen!«

»Schätzchen! Ich muss noch mal schnell zum Auto. Bitte warte …«

»Neiiin!«, plärrt Mia, krallt sich an mein Bein, während ich die Tür öffne. »Will mit!«

»Miiinka!« Frau Matussek steht auf dem Treppenabsatz. »Komm zu Omma! Omma hat Leckerchen!«

Meine Nachbarin von gegenüber trägt den zerschlissenen blau-weißen Bademantel ihres bettlägerigen Mannes. Mit aufgesticktem Schalke-Wappen. Pantoffeln, Lockenwickler. Um kurz vor zwölf!

»Ach, Frau Hagen, die Minka, das freche Katzenviech is wieda ausgebüxt. Jaaa, wat hat die Mia denn? Willste Schoki?«

Ständig dieser Süßkram. Immer lächelnd abwehren. »So eine sind Se also!«, wurde ich dafür in der Reinigung angepflaumt. Als ob ich mit Minirock und Lackstiefeln rumlaufen würde und nicht nur den angebotenen Lolli für mein Kind abgelehnt hätte.

Mia sieht mich bittend an.

Kein Problem, heute ist das kein Problem! »Ich muss nur schnell mein Portmonee aus dem Auto holen. Könnten Sie solange …?«

»Na, komma zu Omma Matussek!«

Kein Wort mehr über die Katze.

Diesmal ist das Auto abgeschlossen. Ich schaue unter alle Sitze, in den Kofferraum, in die Seitenfächer. Nichts! Wieder hoch. Warum nur müssen wir in der dritten Etage wohnen? Und der verflixte Aufzug ist immer noch kaputt.

Fast renne ich den alten Pelka über den Haufen. »Ach, Frau Hagen, gut dass ich Se treffe! Meine Frau und ich fliegen morgen wieda nach Maloorka. Wegen dem alten Matussek – der macht's doch nich mehr lang. Wir beteiligen uns!«

»An was?« Ich drücke mich an der korpulenten Gestalt vorbei.

»Na, am Kranz!« Herr Pelka starrt mich an. »Wat hamse denn?«

»Mein Portmonee!«, rufe ich schrill, bin schon eine Treppe weiter. »Im Laden vergessen. Glaub ich …«

»Oder wieder im Einkaufswagen gelassen, woll?«

Ach ja, auch das war mir schon passiert. Bei Aldi. Ich hatte den Verlust gar nicht bemerkt, bis eine der Kassiererinnen mit dem Portmonee vor der Haustür stand. Hatte der Pelka natürlich mitbekommen. Der kriegt alles mit.

Oben erwartet mich eine schokoverschmierte Mia, die eine versiffte Plüsch-Maus umklammert.

»Noch von unserm Deeevid«, erklärt Frau Matussek. »Der spielt ja nich mehr damit!«

Ich beiße die Zähne zusammen. »Danke fürs Aufpassen!« Ich ziehe Mia in die Wohnung.

»Spiel mit mir, Mama!«

Gleich, muss nur schnell … Ich reiße die Dinkelkeksschachtel auf, drücke sie Mia in die Hand. Wo ist die verflixte Nummer des verdammten Bioladens …

Es tutet und tutet.

»Mama, hab Aa gemacht!«

Hintern abwaschen. Noch mal anrufen. Warum nimmt keiner ab?

»Maaama, wann spielen wir?«, quengelt Mia.

»Gleich, Schatz. Wir müssen noch mal los …«

»SPIELEN!«, kreischt Mia.

Okay, Gummibärchen aus dem geheimen Vorrat. Mias Augen werden groß und rund. Schnell die Treppe runter.

»Ich will nihihicht!«

Im zweiten Stock steht Frau Gruwe in der Tür. »Ach dat arme Mäusken. Willste ’ne Schok…«

»Nein!«, brülle ich.

Unten drücke ich das Kind in den Sitz. Warum will der blöde Gurt nicht? Als ich endlich den Zündschlüssel drehe, läuft mir der Schweiß den Rücken runter.

Der Bioladen ist zu. Mist, Mittwoch. Da hat er nur bis mittags geöffnet.

»Mama, Hunger!« wimmert es vom Rücksitz.

Rabenmutter.

»Wir fahren nach Hause. Da mach ich dir schnell was.« Vielleicht hat inzwischen ein ehrlicher Finder angerufen? Unsere Festnetznummer steht im Telefonbuch.

Kein Parkplatz vorm Haus. Ich schleppe die schnarchende Mia die halbe Straße entlang, dann fünfzig Stufen hoch. Das Telefon, ich höre es klingeln. Bitte, bitte!

Ich friemele den Schlüssel aus der Jeans. Das Telefon verstummt. Ich lege Mia vollständig angezogen in ihr Bettchen.

»Sie haben keine neuen Nachrichten.«

Ich rufe den Sperr-Notruf für die Bankkarten an. Lasse mich aufs Sofa sinken. So ein verdammter, verflixter …

Mein Blick fällt auf den Kaufladen. Jetzt habe ich nicht mit Mia gespielt. Rabenmutter. Dabei hat die Kleine alles so liebevoll aufgebaut. Plastiktomaten, Holzäpfel, Schächtelchen, Kastanien. Neben der knallroten Registrierkasse wartet ein kleiner Einkaufskorb samt Portmonee. – Samt Portmonee! Ich stehe in Zeitlupe auf. Nehme mein Portmonee aus dem Korb. Ich stehe da wie erstarrt, bis ich langsam, ganz langsam zu lachen anfange.

Kerstin Barlach
Happyend auf Umwegen

Juni 2013: Abi bestanden – Yes, chaka, hakuna matata – jaaa ja denkste! Da hatte ich ihn endlich in den Händen gehalten. Den Wisch, für den ich mir drei Jahre, unter uns gesagt, den Arsch aufgerissen hatte. Drei Jahre, in denen man sich mit einigen Themen (Matrizen, Genetik, Gedichtvergleich etc.) in der Schule auseinandersetzten musste und unsereins sich doch schon des Öfteren gefragt hatte, wozu man diesen Mist eigentlich braucht. Aber jut, wat muss, dat muss.

So, und nun ist ja aber das Problem mit dem Studium nicht, dass man sich bewerben muss, sondern der sogenannte NC, oder für die Lateinfans (von denen ich nicht glaube, dass sie wirklich existieren): der Numerus clausus.

Also hatte ich neben meinem Plan A – Studium der Geschichtswissenschaft und Anglistik/Amerikanistik auf Lehramt – den Plan B geschmiedet, mich auch, sofern ich nicht im ersten Rutsch direkt meine Traumkombination bekommen sollte, zusätzlich für Philosophie zu bewerben. Das lag zum einen daran, dass es keinen NC für Philo gab, und zum anderen, dass irgendwo auch ein Funken Interesse bestand. Ich bewarb mich also für diese drei Fächer in Bochum, Duisburg-Essen und Münster.

Und dann? Nix.

Woche für Woche wartete ich sehnlichst auf eine Zusage. Irgendwann dann nur noch auf irgendeine Zusage. Wenn ich mich richtig erinnere, bekam ich nach einem Monat die Zusage für Philo in Bochum.

Und dann? Nix. Wieder nix.

Die ganze Warterei ging also wieder von vorne los.

Im Laufe der Zeit hatte ich bald den Glauben verloren, dass ich überhaupt noch für das Wintersemester eine Zusage bekommen würde. Bald bestätigte sich dieser Glaube. Duisburg-Essen und Münster gaben mir einen Korb.

Doch dann, wie aus dem Nichts, bekam ich sechs Tage, bevor die persönlichen Einschreibungen vorbei waren, endlich eine Zusage für Geschichte in Bochum. RUB sei Dank hatte ich mir den Studienbeginn gesichert.

Dennoch blieb ein bitterer Nachgeschmack. Ich hatte zwar die Zusage für zwei Fächer bekommen, jedoch nicht mit meiner gewünschten Kombi. Es stand also 1:0 für die RUB. Dumm gelaufen, aber egal, dachte ich mir. Erst mal ins Studium einfinden.

Da sich allerdings relativ schnell herausstellte, dass Philo, im Gegensatz zu Geschichte, nun wirklich nicht mein Fach war, versuchte ich es also erneut. Und wieder bewarb ich mich für das Studium der Anglistik/Amerikanistik. Und wieder landete ich auf der Warteliste. Und wieder bekam ich keinen Studienplatz. Die RUB erhöhte also durch einen glatten Elfmeter auf 2:0.

Da packste dir dann irgendwann wirklich nur noch an den Kopp. Ist ja nicht so, als dass man auch irgendwann mal seinen Abschluss haben möchte, um sein eigenes Geld zu verdienen. Nein, man möchte für den Rest seines Lebens Student bleiben. Wer's glaubt.

Das zweite Semester verstrich also, und die Bewerbungsfristen standen erneut vor der Tür. Und wieder bewarb ich mich für Anglistik/Amerikanistik. Aber dieses Mal nicht nur dafür. Im Verlauf des Semesters war mir klar geworden: Ich brauchte eine neue Alternative. Ich konnte ja schließlich nicht noch mehr Zeit verschwenden. Also hielt ich Ausschau und fand tatsächlich eine Möglichkeit:

Komparatistik. Und dennoch landete ich wieder auf der Warteliste.

Aber anstatt, dass das Schicksal es gut mit einem meint, nein, wie kann man auch nur so ein Döspaddel sein und meinen, dass diese Arschgeige von Schicksal es gut mit einem meinen würde … Aber Pustekuchen!

Um auf den Punkt zu kommen: Ich bekam für beide Fächer eine Zusage, und da ich mich eigentlich schon mit dem Gedanken abgefunden hatte, niemals Anglistik zu studieren, war das mit einer einfachen Entscheidung, welches Fach ich letztlich nehmen würde, vom Tisch. Nach langem Hin und Her entschied ich mich dann gegen mein Bauchgefühl und für die Anglistik.

Aber was zu Beginn noch alles gut ausgesehen hatte, entpuppte sich im Laufe des folgenden Semesters als eine Katastrophe. Nennen Sie mir ein Ruhrpottfragewort mit 38 Buchstaben. Ja, genau, richtig: Hääääääääääääääääää ääääääääääääääääääää? Und das habe ich mich nicht nur einmal während meines Anglistikstudiums gefragt, das kam irgendwann so häufig vor, dass nach dem dritten Semester klar war: Die Anglistik und ich sind nicht kompatibel, nicht mal im Ansatz. Aber ich hatte meinen Stolz und wollte mich nicht unterkriegen lassen, denn es gab durchaus auch positive Seiten, nur überwogen diese leider nicht.

Aber all der Stolz und Fleiß nützten nichts. Nach dem vierten Semester musste ich mir eingestehen, dass es so definitiv nicht weitergehen konnte. Und wenn du dann um die Ecke kommst und den Leuten erzählst, dass du erneut dein Studienfach wechseln willst, weil es doch nicht so ist, wie du es dir vorgestellt hattest, kommen direkt so dumme Fragen, wie (natürlich mit mitleidsvollem Unterton): »Isseten so schwer?«

Verdammte Scheiße nochmal, wenn es doch nicht das Richtige für mich ist, heißt das doch nicht automatisch – und ich wiederhole: nicht automatisch –, dass das Studium zu schwer war, und jetzt halt's Maul, mein üblicher Gedanke, wenn man mich darauf ansprach. Den Leuten muss doch klar gewesen sein, dass diese Entscheidung alles andere als einfach und schön gewesen sein musste. Oder irre ich mich da?!

Aber egal. Trotz der Enttäuschung bewarb ich mich erneut für Komparatistik. Und dieses Mal lief alles kurz und schmerzlos ab. Ich bekam eine Zusage, nahm diese an, begann mit dem Studium, und ich liebe es einfach. Manchmal dauert es halt etwas.

Zusammengefasst kann ich dazu nur sagen, dass auch wenn es genau vier Semester, oder um es für den Otto Normalverbraucher klarer auszudrücken, ganze zwei Jahre gedauert hatte, bis ich das Studienfach gefunden hatte, welches mir Spaß macht, habe ich eines jedenfalls gelernt: Immer auf den Bauch hören und auch mal Risiken eingehen. Und auch wenn ich mich jetzt ärgern könnte, dass ich ein Jahr länger studieren muss, tue ich das gerade nicht. Für irgendwas wird es schon gut gewesen sein.

Tja, Shit happens – That's life. Mal schauen, was als Nächstes kommt.

Kerstin Barlach ist an der Ruhr-Universität Bochum Literatur-Studentin, die nun selbst ein Stück Literatur gestaltet hat.

Julia Wilmsmann
Dumm geradelt, aber …

Julia Wilmsmann, gebürtige Essenerin, wohnhaft in Oberhausen, gefühlte Bottroperin. Für ihren Lebensunterhalt frisiert sie Hunde, arbeitet als Personal Assistant und schreibt Geschichten, zum Beispiel rund um den Hund im Revier in ihrem Buch *Dem Mensch sein bester Kumpel.*

Eilig schließe ich das Fahrradschloss auf und werfe Kette, Schloss und Schlüssel zu meinem restlichen Kram in die Satteltasche.

Ich habe keinen Grund, guter Laune zu sein. Ein Besuch beim Frauenarzt ist zwar keine Folter, aber auch kein Picknick. Doch der wolkenlose Himmel und die strahlende Sonne sorgen dafür, dass ich mit einem Lächeln im Gesicht die Westfälische Straße hinunterradele. Mein Fahrrad ist uralt, ohne Rücktritt. Eine Wäscheklammer hält vorm Lenker die Kabel der Bremsen zusammen. Meine Mutter hatte den Rahmen rot und die Radbleche grün angestrichen, als sie das Rad von einer Freundin bekam. Jetzt ist es meins, und ich liebe es.

Es ist Markttag, und viele Menschen sind unterwegs. Die meisten sind gut gelaunt. Nur einige sind zu gestresst, um das schöne Wetter zu genießen. Auf dem Spielplatz toben Kinder. Gegenüber an der Bushaltestelle warten einige Leute auf den nächsten Bus. Hinter der Kreuzung, bei der Sparkasse, muss ich auf den Bürgersteig wechseln. Hier ist der Bordstein abgesenkt. Mist! Warum stehen hier so viele Autos? Ah, hier ist Platz. Oh, oh! Der Bordstein ist aber schon ziemlich hoch hier …

Jetzt kommen die Leute von der Haltestelle zu mir gerannt. Ich liege auf dem Boden. Aufstehen, Dreck abklopfen, Körper abtasten. »Sind Sie verletzt?«, ruft eine Frau. »Alles in Ordnung!«, rufe ich zurück. »Nur das Handgelenk und die Ellbogen aufgeschürft. Und …«, etwas schmerzt, »… mein linker Oberschenkel bekommt wohl ’nen dicken, blauen Fleck. Aber ich bin ohnehin auf dem Weg zu Arzt.« Die Leute schauen mich skeptisch an. Ich nehme mein Fahrrad hoch und grinse. »Alles in Ordnung, Leute. Ich muss nur um die Ecke! Ich schiebe auch. Okay?«

Ich schiebe mein Fahrrad um die Ecke und stelle es ab. Ich krame die Kette aus der Tasche und suche dann das Schloss. Nichts. Gar nichts. Das Schloss muss bei dem Sturz aus der Tasche gefallen sein. Ich nehme die Wäscheklammer und klemme die Enden der Kette möglichst zusammen. Wenn man nicht genau hinschaut, sieht mein Fahrrad angekettet aus.

Dann betrete ich die Praxis. Ich entschuldige mein zerrupftes Aussehen und erkläre, dass ich vom Rad gefallen bin. Nachdem die Arzthelferin gefragt hat, ob mir auch nichts passiert sei, darf ich direkt ins Sprechzimmer. Dort gehe ich nach hinten durch bis zum Vorhang und setze mich auf die Liege. Wenig später kommt der Arzt. »Ich hörte, sie hatten einen Unfall. Alles in Ordnung?« Ich lächle und sage: »Nur ein paar Schürfwunden, nichts Ernstes.« – »Alles klar, dann machen Sie sich doch bitte untenrum frei.«

Ich ziehe den Vorhang zu, knöpfe meine Hose auf und ziehe sie runter. Dabei achte ich auf die schmerzende Stelle am Oberschenkel. »Oh, oh! Oooh, oooh!«, rufe ich und starre fasziniert auf die Wunde. »Gibt es ein Problem?«, ruft mein Arzt zurück. »Komma sofort her!«, rufe ich; für Höflichkeiten ist jetzt keine Zeit. Ich habe eine Platzwunde am Oberschenkel. »Das ist tief, das ist sehr tief!«, rufe ich dem Arzt entgegen, während er zu mir eilt. Meine enge Jeans hat die Wunde so zugedrückt, dass kein Blut entweichen konnte. Jetzt steht der Arzt neben mir. »Legen Sie sich hin!«, sagt er, und ich fange an zu heulen. Darüber bin ich gleichzeitig erstaunt und beschämt, denn die Wunde tut nicht sehr weh, und es ist nicht meine erste schwere Verletzung; für mich ist sie eher unter Wehwehchen einzuordnen.

»Es ist nur eine Platzwunde«, sagt der Arzt. »Ich habe mal chirurgisch gearbeitet; wenn ich Nähzeug dahätte, könnte ich die selber zunähen.« Jetzt muss ich trotz der Schluchzerei lachen. »Hören Sie«, sage ich mit zittriger Stimme, »Sie kennen mich doch. Bitte sorgen Sie in Zukunft dafür, dass für mich immer Nähzeug da ist.« Der Arzt reagiert nicht darauf und lässt für mich ein Taxi zum Krankenhaus rufen.

Während ich warte, fällt mir etwas ein. »Mein Fahrrad!«, jammere ich. »Es ist nicht angekettet!« Jetzt verspricht mir die gesamte Praxis, dass das Rad hier im Flur wohnen darf, bis ich es abhole.

Im Krankenhaus angekommen, fällt mir jemand ein, der mir jetzt Beistand leisten und mich beruhigen könnte. Anna. Anna arbeitet hier im Krankenhaus. Vielleicht hat sie ja gerade Pause? Ich wähle ihre Nummer. »Hallo, meine Liebe! Ich bin gerade in der Therapie und rufe dich in 20 Minuten zurück«, meldet sich Anna. »Hallo, meine Liebe«, imitiere ich sie wimmernd, »ich bin gerade in deinem Krankenhaus und habe ein Loch im Bein.« – »Ich bin in 20 Minuten da!«, sagt Anna und legt auf. Augenblicklich löst sich der Knoten in meinem Magen, und ich höre auf zu weinen.

Ich werde ins Behandlungszimmer gerufen. Gleich darauf tritt ein Assistenzarzt ein. »Na? Was hast du angestellt?« Nett, denke ich mir. Ich erzähle ihm vom Unfall und zeige auf die Platzwunde. »Iiih!« ruft er. »Das ist ja eklig.«

»Sach bloß!«. erwidere ich. »Deshalb bin ich ja hier. Kannst du's reparieren?« Er untersucht die Wunde und will nachfragen gehen, ob wir zum Nähen in ein anderes Zimmer mit besserem Licht können. »Ich warte hier solange«, rufe ich ihm nach.

Kaum ist er weg, steht Anna in der Tür. Meine Heldin! Stolz zeige ich ihr meine Wunde, da werden wir auch schon von einer Krankenschwester nach nebenan geführt. »Markus! Deine Patientin wartet«, ruft die Krankenschwester. Ich grinse Anna an. »Dr. Markus ist nett. Der näht bestimmt gut. »

Dr. Markus kommt herein und begrüßt Anna. Dann schauen wir drei uns gemeinsam meine Wunde an. »Die Wunde geht genau bis auf den Muskel. Glück gehabt!« Anna lacht auf. »So einen Muskel habe ich gestern erst palpiert. In der Fortbildung.« – »Heute ist dein Glückstag, also sieh ihn dir genau an, bevor Dr. Markus anfängt zu nähen«, lache ich mit. »Was machen Sie denn beruflich?«, fragt Dr. Markus die immer noch lachende Anna. Aha, denke ich, Anna siezt er, mich duzt er. Er hat sich von meinen blauen Haaren und den Piercings in die Irre führen lassen.

Nachdem Anna ihm erklärt hat, dass sie hier im Krankenhaus Ergotherapeutin sei, kläre ich Dr. Markus auf: »Anna ist nur sechs Monate älter als ich. Wir sind beide 30.« Dr. Markus schaut etwas irritiert. »Okay, dann werde ich jetzt die Betäubung für Sie vorbereiten.« – »Nichts da, Dr. Markus«, sage ich schadenfroh, »wir waren schon beim Du!«

Während Dr. Markus die Spritze vorbereitet, schauen Anna und ich uns nochmal die Wunde an. Anna interessiert sich für den Muskel, und ich frage Sie, ob die Schicht unter der Haut meine Fettschicht sei. Dr. Markus wird daraufhin sichtlich blass und sagt mit ruhiger Stimme, in der aber ganz deutlich Aufregung mitschwingt: »So, Mädchen. Jetzt leg dich mal ganz ruhig hin.« Belustigt gehorche ich ihm; wahrscheinlich hätte er lieber gerufen: Verdammt nochmal, willst mir ohnmächtig vom Stuhl knallen? Bist du bekloppt? Soll ich noch 'ne Wunde am Kopf nähen, oder was?

Ich liege, und Dr. Markus nimmt die Spritze zur Hand. Jetzt sind er und ich diejenigen, die lachen müssen. Anna hat sich nämlich in eine Ecke zurückgezogen und hält sich die Augen zu. »Du kannst keine Spritzen sehen? Du hospitierst doch in der Handchirurgie und schaust dir dauernd an, wie Knochen weggemeißelt werden!« – »Eben, da wird gemeißelt, nicht gespritzt«, gibt Anna leise zurück, die Hand immer noch vor den Augen. Dr. Markus setzt die Spritze, und ich bemühe mich, nicht so sehr zu lachen, dass ich doch noch vom Stuhl falle.

Schließlich näht Dr. Markus mich kunstvoll zu, und ich begrüße die neue Narbe an meinem Körper mit einem »Hallo, du da!«. Danach gebe ich Anna einen Kuss. Sie geht zurück zu Ihrer Arbeit, und ich humpele zur Praxis von Dr. Frauenarzt, um mein Rad abzuholen.

Erst jetzt, als ich im Flur der Praxis vor dem guten alten Drahtesel stehe, fällt es mir auf. Der Rahmen ist verbogen und der Lenker verzogen, die Kabel der Bremsen und die Gangschaltung sind durchgerissen. Was zur Hölle war das für ein Sturz? Ich schiebe mein kaputtes Fahrrad nach Hause, und als ich dort ankomme, sehe ich auf dem Vorplatz unversehrt das Fahrradschloss liegen.

Mike Steinhausen
Nachtschicht

Mike Steinhausen. Geboren 1969. Eine Ära, in der die Liberalisierung in der westlichen Welt nicht mehr aufzuhalten war, die Amis auf dem Mond spazieren gingen und die heutigen, auf die moral- und wertelose Jugend schimpfenden Rentner, kiffend ihre sexuelle Befreiung in Woodstock feierten.In dieser Zeit verbrachte der Autor diverser Kriminalromane und Hobbypolizist seine Kindheit im Osten Essens auf einer alten Schlackenhalde und erfuhr so eine frühkindliche Ruhrpottprägung durch echten Dreck und Kohlenstaub. Was ihn im Übrigen nicht daran hinderte, leidenschaftlicher Allergiker zu werden.

Nachtschicht. 03.30 Uhr. Kerl, bin ich im Eimer. Endlich Pause. Ich muss mich ausruhen. Also ab in den Aufenthaltsraum. Das ehemals beige Sofa, ein Sperrmüllschnäppchen, das nur noch durch Kragenspeck und dem Fett unzähliger Haupthaare zusammengehalten wird, sieht in dem schummrigen Licht eines Deckenfluters geradezu verlockend aus. Müdigkeit ist tatsächlich in der Lage, jegliche hygienische Bedenken aus dem Weg zu räumen.

Ich umrunde einen Sessel, auf dem mein Kollege komatös mit offenem Mund schnarcht. Sein zitterndes Rachenzäpfchen erinnert mich an den Halsschmuck eines Truthahns. Er hat die Schuhe ausgezogen, und ich versuche, nicht in die Schweißpfützen seiner Polyestersocken zu treten. Ich lasse mich auf den porösen Schaumstoff der Sitzfläche fallen, lege den Kopf auf die Brust und schließe die Augen. Noch bevor es mir gelingt, genügend Speichel für den obligatorischen Sabbelfleck auf dem geschmacklosen und baumwollfreien Diensthemd zu sammeln, reißt uns eine hohe Fistelstimme, die aus der blechernen Gegensprechanlage dröhnt, aus unserer Ohnmacht: »Aufstehen, ihr Säcke! Ab nach Steele. Da versucht gerade jemand in eine Wohnung einzusteigen.«

Schlagartig kommt Leben in die Bude. MeinSpannmann auf dem Sessel hat erhebliche Probleme, seine Zunge vom ausgetrockneten Gaumen zu lösen. Er macht dabei Geräusche, die mir Angst machen. Unmittelbar darauf verfällt er in einen Hustenanfall. Er verdreht seine Augen, die wie Deoroller aus den Höhlen treten, und ich befürchte, er wird sekündlich den Stoffwechsel einstellen. Zu meiner Überraschung fängt er sich, und wir rennen zum Ausgang. Wir schmeißen uns in unseren Streifenwagen und hämmern los.

Am Einsatzort lassen wir die Karre aus taktischen Gründen einige hundert Meter vorher stehen. Wir joggen den Rest der Strecke. Zumindest vermute ich, dass mein Kollege das tut. Vielleicht arbeitet er auch nur an einer neunen Disziplin für die Paralympics. Er schnauft wie ein Walross, sein Gesicht nimmt eine unnatürlich violette Farbe an, und nach wenigen Metern scheint er nur noch auf drei Pötten zu laufen. Ein elendiger Anblick, und ich befürchte, er kollabiert jeden Augenblick. Ich kann seine verschwitzte Kimme sehen, weil der ganze Einsatzkrempel an seinem Gürtel seine Buchse nach unten zieht. Unbewusst stelle ich mir die Frage, ob es Menschen gibt, die das Bestreben haben, die Evolutionsleiter mit Schallgeschwindigkeit herunterzurennen. Wie hat er nur das Sportabzeichen geschafft?

Vor dem Haus steht mein Kollege Rambo. Er ist damit beschäftigt, einen Hundeschiss, der wahrlich nicht von einem Köter dieses Planeten stammen kann, an der Kante des Bordsteins aus dem Grobprofil seiner Kradstiefel zu scheuern. Er macht dabei ein Gesicht, als hätte man ihm seine tägliche Ration roher Kindereingeweide vorenthalten. Er flucht wie eine angetrunkene Hafennutte, und ich hoffe inständig, dass seine pulsierende Halsschlagader nicht platzt.

Das Haus ist umstellt. Die Wohnung befindet sich im Erdgeschoss. Da Rambo zur Nachtzeit keine Türen aufbrüllen darf, steigen wir über den Balkon ein. Ich mache Räuberleiter und bereue das exakt in dem Moment, in dem sich der erkaltete Hundeschiss unter Rambos Stiefeln zwischen meine Finger quetscht.

In der Wohnung steht ein Mann. Nackt und voll wie ein Amtmann. Er zeigt auf die Wohnungsinhaberin und bittet uns lallend, sie aus der Bude zu schmeißen. Er sagt, dass ihr Geschrei ihn wahnsinnig macht. Ich weiß nicht, was schlimmer ist. Dieser nackte Typ, der durch das Überwinden der Blumenkästen den ganzen Arsch mit Lehm verschmiert hat? Oder der Anblick der sehr spärlich bekleideten Mieterin? Ihre kräftige Figur ist für das knappe Negligé etwas … unvorteilhaft. Ihre Füße stecken in offenen Gesundheitslatschen mit Korkbett, und die Hornhaut ihrer Fersen erinnert mich an ein ausgetrocknetes Flussbett im Herzen der Kalahari.

Ich versuche, das Gesehene zu verdrängen, da sich eine gnädige Ohnmacht nicht einstellen will, und frage die Dame nach ihrem Personalausweis, den sie mir fast sofort aushändigt. Zuvor muss ich mir aber anhören, dass sie früher mal hübsch gewesen sei, es aber an den Drüsen hätte. Sie vermutet, dass dies in der Familie liegt, da ihre Mutter ebenfalls vom Gewicht nicht runterkommt.

Wir führen den guten Mann ab und bringen ihn zum Streifenwagen, um ihn zum Polizeigewahrsam zu fahren, damit er sich dort ausschlafen kann. Im Auto kotzt er uns die Sitze voll. Dumm gelaufen. Aber nicht so schlimm. Es ist der Wagen vom Chef. Mein Kollege hat ihn heimlich genommen, weil er neu ist und eine Klimaanlage hat.

Benno Hammerschmidt
Ruhrgebietler auf Reisen
oder: wenn einer eine Reise tut …

Benno Hammerschmidt ist vor ziemlich langer Zeit im Ruhrgebiet zur Welt gekommen. Nach einem kurzen Abstecher während des Studiums ins Münsterland ist er gerne und zufrieden zurückgekommen und hier geblieben. Hat lediglich die Städte gewechselt. Wird hier auch bleiben, verschiedenen kreativen Tätigkeiten nachgehen und von einem ehemals jungen Ruhrgebietler zu einem alten werden. Mit Unterstützung einer ehemaligen Schwäbin, die sich auch keine lebenswertere Gegend zum Leben mehr vorstellen kann als das Ruhrgebiet.

Sicher, wir Menschen aus dem Ruhrgebiet sind am liebsten zu Hause. Schließlich haben wir da alles, was wir brauchen. Aber wenn uns doch einmal so etwas wie Fernweh überkommt, wo fahren wir dann hin? Natürlich, nach Holland. Das ist nah, und wenn uns das Heimweh überkommt, sind wir schnell wieder im Ruhrgebiet. Und Probleme mit der Verständigung gibt es auch nur selten. In Holland können wir aber etwas genießen, was es im Ruhrgebiet beim besten Willen nicht gibt: das Meer.

Also packten meine Frau und ich unseren Hund und Sachen für ein paar Tage ins Auto und fuhren nach Bergen. Beim Aufbruch dachten wir an nichts Böses, aber es war der Tag vor Halloween, und nach wenigen Kilometern standen wir im ersten Stau. Bis wir dann an unserem Zielort ankamen, passierte uns das noch zwei Mal.

Gestresst und erschöpft richteten wir uns in unserer Ferienwohnung ein und gingen früh zu Bett. Mitten in der Nacht dann ein plötzlicher Lärm, und das Bett neben mir war leer. Meine Frau war von ihrer Matratze wie von einer Welle verschluckt worden und konnte sich alleine nicht mehr befreien. Ich rettete sie, wir bauten das Bett neu, und es blieb nur eine heftige Prellung direkt unter dem linken Auge. Wir haben nicht ergründen können, wie das eigentlich passieren konnte, waren nur froh, dass nichts Schlimmeres passiert war.

Aber wir wollten uns natürlich nicht durch so kleine Handikaps die Urlaubsfreude trüben lassen, packten am Morgen den Hund ins Auto und fuhren zum nächsten Strand. Der Hund freute sich, wir auch, liefen ein Stück an den Wellen entlang und genossen Wind und Sonne.

Als wir zurückkamen, klemmte hinter der Windschutzscheibe ein Strafzettel über 62 Euro. Der Parkschein, den wir gezogen und ordentlich hinter die Scheibe geklemmt hatten, war genau um 3 Minuten überzogen. Ärgerlich, denn es sollte ja kein teurer Urlaub werden, und wir schworen uns, ab jetzt die Parkzeiten genau einzuhalten.

Am nächsten Tag fuhren wir zu einem anderen Strand in der Nähe. Als wir am ersten noch freien Parkplatz hielten, stellten wir fest, dass wir kein Kleingeld für die Parkuhr hatten. Nach dem vergeblichen Versuch, Geld zu wechseln, war auch dieser letzte freie Platz weg. Jetzt hatten wir das passende Geld, aber keine Möglichkeit, es zu benutzen. Nach einem gefühlten halben Tag Suche nach einer gebührenfreien Parkmöglichkeit kehrten wir frustriert in unsere Ferienwohnung zurück.

Wir lassen uns nicht entmutigen, sagten wir uns, und unternahmen am Nachmittag einen neuen Versuch an einem anderen Strand. Wir zahlten die Parkgebühren – Kleingeld hatten wir ja jetzt – für 2 Stunden, brauchten aber, um an den Strand zu kommen, bereits eine halbe Stunde zu Fuß. Der Hund freute sich schon, sehr frei am Strand laufen zu können, doch bevor wir am Meer angekommen waren, sprach uns ein junges holländisches Mädchen an. Sie erklärte uns, dass heute ein Radrennen am Strand gestartet würde und Hunde darum nur angeleint an den Strand kommen dürften. Schlagartig verflog unsere bis dahin gute Laune, vor allem die des Hundes.

Der ganze Strand war voll mit Menschen, die das Rennen sehen wollten. Die einzelnen Gruppen der Fahrer wurden immer mit Pistolenschüssen gestartet. Das erinnerte den Hund an Silvester, und Knallen mag er nicht und setzt bei ihm ein dauerndes Bellen frei. Und ein ohne Unterbrechung bellender Hund macht nervös und reizbar. Also sahen wir keine Möglichkeit zu bleiben und machten uns auf den Rückweg. Das einzig Gute an diesem Unternehmen war, dass wir unser Auto diesmal erreichten, kurz bevor die Parkzeit abgelaufen war.

Doch wir Ruhrgebietler sind ja auch zäh und geben nicht so schnell auf. Darum starteten wir am Nachmittag den nächsten Versuch, das Meer zu genießen, trotz Radrennen, Parkverboten und weiteren Unannehmlichkeiten. Wir fuhren ein Stück weiter in eine andere Richtung und hofften, da in der entfernteren Dünenlandschaft auf weniger Touristen und mehr freie Parkplätze zu treffen.

Problemlos fanden wir den richtigen Weg und konnten von der Düne aus gut das Meer sehen. Es gab einen großen Parkplatz, auf dem noch viele Plätze frei waren.

Als wir auf den ersten Automaten zugingen, fiel uns wieder ein, dass wir in der Aufregung vergessen hatten, neues Kleingeld zu besorgen. Darum wieder eingestiegen, gewendet, den Weg zurückgefahren, um irgendwo einen Kaffee zu trinken und einen Geldschein zu wechseln Nach einigen Kilometern erinnerte sich einer von uns, irgendwo mussten wir noch einen 5-Euro-Schein haben. Kurze Suche, der Schein war da – wieder gewendet, den Weg zurückgefahren und mit dem Schein in der Hand triumphierend dem nächsten Parkautomaten genähert.

Da stand etwas von »Bezahlen hier nur mit Pin-Nummer« und irgendeiner Karte.

Am zweiten Automaten stand: »Defekt!«

Der dritte Automat nahm nur Münzen, keine Scheine.

Der lang ersehnte und verdiente Spaziergang am Meer rückte mal wieder in weite Ferne, und wir verfluchten Parkplätze, Automaten und holländische Spießigkeit.

Bei den Gedanken hielt neben uns ein Auto mit einem jungen holländischen Paar. Noch hatten wir nicht ganz aufgegeben, klagten dem Paar unser Leid und fragten, ob sie eine Idee hätten, was wir tun könnten, um doch noch an den Strand zu kommen. Die beiden sprachen Deutsch, verstanden uns und sahen uns etwas mitleidig an. »Wir bezahlen hier nie etwas. Die Schranke ist doch immer offen. Und außerdem ist heute der 31. Oktober, und ab diesem Datum ist das Parken in den Städten und an den Stränden gebührenfrei.«

Schlagartig sahen Holland und die Holländer für uns wieder ganz anders aus. Selbst der Hund grinste. Wir gingen zum fast leeren Strand hinunter, der Hund stürzte sich in die Wellen und spielte mit anderen Hunden. Wir sammelten Muscheln und Steine und konnten endlich die Sonne genießen. Wir sahen sie dann noch leuchtend rot im Meer versinken, machten Erinnerungsfotos und fuhren zufrieden zurück in Richtung unserer Ferienwohnung. Im nächsten Ort machten wir noch den Einkauf für den letzten Tag vor unserer Rückfahrt und genossen es, unser Auto einfach irgendwo abzustellen, ohne Suche nach Kleingeld und Automaten, und kauften ohne Zeitdruck ein. Der Tag endete dann für uns in einem gemütlichen Restaurant, mit freundlicher Bedienung, riesigen holländischen Pfannkuchen mit Speck und Käse und gutem Wein.

Übrigens haben wir den Strafzettel nie bezahlt, weil uns die holländische Stadtverwaltung nie eine Rechnung geschickt hat.

Hubertus A. Janssen
Ruhrkohlenwanderung

Im Münsterland hauste ein Stein,
der wollte dort Stein nicht mehr sein.
Zum eigenen Wohle
zog er dann als Kohle
verfeinert ins Ruhrgebiet ein.

Daniel Twardowski
Der Fluch des Kubaners

Daniel Twardowski, Jahrgang 1962, feierte sein Romandebüt 2002 tief im Westen mit *Ewig Gelsenkirchen/Die ewige Ruhr*. Danach war er eine Weile als Literaturpreisboxer recht erfolgreich (2003 Förderpreis zum Literaturpreis Ruhrgebiet, 2005 Stipendium in der Casa di Goethe in Rom, 2006 Oberhausener Literaturpreis, 2007 Deutscher Kurzkrimipreis) und gilt seitdem als ›schwierig‹. Anschließend wurde er kriminell, und zwar mit einer historischen Detektivroman-Trilogie *(Tod auf der Northumberland/Das blaue Siegel/Fluch des Südens)*, die aber nicht im Ruhrgebiet, sondern auf der ganzen Welt spielt und in mittlerweile zweiter Auflage als E-Book im dot.books-Verlag erschienen ist. Dazu kamen diverse Anthologie-Veröffentlichungen und zuletzt mit *Dark Planet – 200 Variationen zu Courbets Ursprung der Welt* ein Buch mit z.T. sehr umstrittenen Aktfotografien. Im Herbst 2016 erscheint die historische Darstellung *Die von Marpurg und die Welt Martin Luthers* – und zwar, weil Twardowski seit mittlerweile mehr als dreißig Jahren in Marburg an der Lahn wohnt und dort auch gelegentlich auf den Namen Dr. Christoph Becker hört.

Als die Jahre noch länger waren, bedauerte ich gelegentlich, dass ich drei Brüder hatte, was aber wohl ursächlich damit zusammenhing, dass ich der Jüngste war. Sollten also die drängenden Fragen der Zeit – wie zum Beispiel, ob die Waschmaschine auch funktioniert, wenn einer von uns drinsitzt – einer experimentellen Klärung nahegebracht werden, war ich fast automatisch derjenige welcher.

Man mag sagen, dass diese Erfahrung mich schon mit acht Jahren hart und zynisch gemacht hat, aber unter all der Gelassenheit, mit der ich Stromschlägen, Leiterstürzen, Esszimmerfeuerchen und natürlich den samstäglichen Badewannenstürmen ins Auge blickte, weste doch genügend empfindsame Seele, um mir hin und wieder ein Schwesterchen zu wünschen. Zwar ging dieser Wunsch dann irgendwann in Erfüllung, aber um gewisse anatomische Vergleichsstudien unterhaltsamer zu gestalten, kam Jule einfach zu spät auf die Welt; ja, die Tatsache, dass Mama sofort wieder arbeiten ging und wir vier entsprechend schnell zu Experten im Windelwechseln wurden, führte in den vielleicht entscheidenden Jahren dazu, dass wir ein relativ profanes Verhältnis zu Körperteilen bekamen, von denen die anderen Jungs deutlich aufregendere Vorstellungen hatten. Jule hingegen hat mir noch vor kurzem gestanden, es sei – Waldorfpädagogik hin, feministische Selbstfindungstheorie her – ein verdammt gutes Gefühl gewesen, gleich vier große Brüder zu haben, die kommentarlos jeden, auf den sie zu diesem Zweck mit dem Finger zeigte, na-Sie-wissen-schon. Nur die Jahre fünfzehn und sechzehn seien ihr bisweilen etwas lang vorgekommen, und zwar schlicht, weil es unter den Jungen im passenden Alter als gewissermaßen originelle Form von Selbstmord galt, sich in unsere kleine Schwester zu verlieben.

Als die Jahre noch länger waren, wohnten wir in Bottrop-Lichtenhorst, was, wie Kenner der entsprechenden Verhältnisse wissen, nicht ohne erheblichen Einfluss auf unsere Entwicklung bleiben konnte. So kam im Leben eines jeden Jungen am Rhein-Herne-Kanal zuverlässig irgendwann der Sommer, in dem er ›zur See‹ gehen wollte; spätestens wenn die Emscher-Lichtspiele mehr als einen knallbunten Piratenfilm im Nachmittagsprogramm hatten. Einmal, ich kann noch nicht sechs gewesen sein, denn ich kann mich nicht daran erinnern, dass ich Ferien oder gar ein Zeugnis bekommen hätte, paddelten wir auf einem alten LKW-Schluffen sogar bis nach Gelsenkirchen-Heßler, waren also weit herumgekommen und hatten ordentlich die Welt gesehen.

Dieses Gefühl steigerte sich naturgemäß, als wir, noch vor dem Erwerb eines eigenen Kraftfahrzeugs, mit der Bundesbahn für zwei Wochen an die Nordsee fuhren. Ich verbinde mit diesem ersten von zwei gemeinsamen Urlauben genau drei konkrete Erinnerungen. Nämlich erstens, dass gewisse Familienmitglieder mich animierten, den Mitreisenden im Großraumabteil die Schnürsenkel aneinanderzuknoten, was kurz vor Umsteigebahnhöfen zu erstaunlichen sportlichen Leistungen führte und meinen noch jungen, formbaren Wortschatz um einige sehr expressive Vokabeln bereicherte.

Zweitens, dass ich meinen Vater zum ersten Mal in einer kurzen Hose sah; ein Erlebnis, das ich nie ganz verwunden habe. Und drittens, das einige meiner Brüder mich, Kopf voran, gegen einen ziemlich soliden Rippen-Heizkörper stießen – wobei ich allerdings weniger den Vorgang selbst als vielmehr die Narbe erinnere, die ich dreißig Jahre lang am Haaransatz hatte (dann war sie plötzlich auf der Stirn!).

Was ich der aberwitzigen Geschichte mit dem Kubaner damit vorausschicken will, ist eigentlich nur, dass ich mit acht Jahren ein in harter Schule geprüfter Überlebenskünstler war, der kaum eine Gelegenheit ausließ, seine entsprechenden Fähigkeiten unter Beweis zu stellen.

Als die Jahre noch länger waren, musste man gemeinhin früher ins Bett, als man das wollte; nur zu wirklich historischen Ereignissen wie der Mondlandung oder Boxkämpfen zwischen Muhammad Ali und Joe Frazier wurde man mitten in der Nacht geweckt und in Decken verpackt vor den Schwarz-Weiß-Fernseher gesetzt.

Eine Ausnahme von dieser Regel bildete lediglich die Silvesternacht, in der wir aufbleiben durften, bis sich die Schattenseiten dieses Privilegs nicht mehr verleugnen ließen. Begleitet von der Frotzelei der Veteranen, die es schon im letzten oder sogar vorletzten Jahr bis viertel vor eins geschafft hatten, stand man dann um Mitternacht gähnend am offenen Wohnzimmerfenster, Kissen unter den Ellenbogen, und sah zu, wie die ganze bekannte Welt durchdrehte.

Batenbrock leuchtet, Feuer über Welheim, Karnap in Flammen! Hinten, aus dem Klofenster und deshalb leider nur individuell zu beobachten: Sternenregen über Dellwig und Bergeborbeck (Vogelheim sah man nur, wenn man sich gefährlich weit rauslehnte); all das begleitet von ständigen Donnerschlägen, die durch die engen Straßen zu rollen schienen und einem gespenstischen Flackern am Horizont, von dem mein Vater jedes Jahr sagte, er hoffe, dass Essen und Oberhausen morgen früh noch da sind, wo sie hingehören.

Wenn man nicht in den Himmel, sondern auf die Straße sah, entdeckte man überall malerische kleine Gruppen von Bekloppten, die Raketen ins Gelände schossen, und mich durchzuckte schon beim ersten Mal die dramatische Erkenntnis, dass es jetzt im ganzen Land so aussah: vierzig Millionen Betrunkene! Seither hoffe ich immer, dass irgendwelche Außerirdischen nicht ausgerechnet in der Silvesternacht den ersten Kontakt zur Erde aufnehmen.

Spätestens zehn nach zwölf kündeten aufwühlende Sirenenklänge von den Vollidioten, die sich soeben Nasen und Finger weggesprengt hatten. Es war gefährlich da draußen! Muss ich erwähnen, dass meine Eltern alle Hände voll zu tun hatten, um mich und meine Brüder von Straße und Streichhölzern fernzuhalten?

Als die Jahre noch länger waren, war der Neujahrsmorgen der stillste des Jahres; eine Tradition, die sich bis heute gehalten hat, wahrscheinlich weil die Auswirkungen des Alkoholkonsums auf den menschlichen Organismus im Wesentlichen die gleichen geblieben sind. Der einzige Unterschied ist, dass man heute eben selbst auf dem Sofa liegt und die Kinder rausjagt, wenn der infernalische Krach eines Würfelspiels nicht mehr auszuhalten ist.

Ein paar Jahre hindurch musste uns allerdings keiner rausjagen: wir drängten, wir quengelten, bis wir auf der Straße waren, denn die wenigen nicht krepierten Knall- und Feuerwerkskörper warteten ja nicht auf uns, und nur der frühe Vogel fing den Chinaböller, den Heuler, den Nonnenfurz – oder den Kubaner.

Kubaner, so hießen bei uns jene kubusförmigen Knallkörper mit kurzer Lunte, deren Detonation zuverlässig sämtliche Fensterscheiben wackeln ließ – ein Wissen, das ich bis dahin für einen Teil der Allgemeinbildung hielt. In der schweigenden, stillen Welt der Neujahrsmorgen war jedenfalls ein nicht explodierter bzw. ein noch nicht explodierter Kubaner gewissermaßen der Hauptgewinn. Meine Augen waren scharf genug, um ihn auf dem Parkplatz vorm Konsum, wo die Schlacht gestern Nacht besonders heftig getobt haben musste, zu entdecken; mein Scharfsinn aber leider noch nicht so ausgeprägt, um diese Entdeckung geheim zu halten. »Ein Kubaner!«, quiekte ich, was natürlich sämtliche Brüder aus der näheren in die unmittelbare Umgebung zog. Ich will sagen: Ein wildes Gerenne nach dem kubusförmigen, nicht detonierten Glück setzte ein, in dem ich den Kürzeren bis Kürzesten zog.

Als die Jahre noch länger waren, gab es unter Brüdern eine Art Ehrenkodex, und ›was Klaus findet, darf Klaus auch anzünden‹ wäre eigentlich die natürliche Folge dieser nie schriftlich fixierten Gesetze gewesen. Aber der Kubaner setzte die diesbezügliche Moral meiner Brüder einer mindestens so schweren Prüfung aus, wie es der berühmte Goldklumpen auf Sutters Farm im Jahr 1849 mit ganz Amerika getan hatte. Mit einem Wort: die Versuchung war zu groß für sie, und die korrumpierende Wirkung des Kubaners löste eine soziale Explosion aus, der beinahe meine ganze Familie zum Opfer gefallen wäre.

Als Ersten traf es Kai, der nur ein Jahr älter als ich, aber unbestritten der Schnellste von uns war. Er näherte sich dem Kubaner mit erstaunlicher Geschwindigkeit, spürte aber dennoch den heißen Atem seiner Brüder im Nacken, die näher dran gewesen waren. Statt also vor seinem Ziel abzubremsen wie jeder normale Mensch, beschloss er deshalb, sich in vollem Galopp seitwärts danach zu bücken, wie es die Apachen in den guten alten Tagen des Eurowesterns zu tun pflegten.

Rund heraus: Sein kühnes Vorhaben scheiterte am regennassen Boden, wir anderen stolperten über ihn und alles endete in einem unruhigen Knäuel von Brüdern und Kubaner, aus dem plötzlich ein Ellenbogen hervorschoss und Kai mitten auf die Nase traf.

Die Schuldfrage konnte in diesem Fall nie eindeutig geklärt werden, aber die Wirkung war eine blutige. Nase. Als Kai sich mit der hervorgeschluchzten Drohung, DAS Mama zu sagen, ins Privatleben zurückzog, standen meine älteren Brüder vorübergehend erschüttert da. Dann sagten sie sich aber, dass Ärger jetzt eh unvermeidlich war und dass man deshalb auch ruhig erst dem Kubaner zu Leibe rücken konnte.

Er hatte keine Zündschnur mehr; deshalb war er letzte Nacht nicht explodiert, und nach kurzer Überlegung beschlossen die beiden, wenigstens das Pulver im Kubaner einer nutzbringenden Verwendung zuzuführen. Karl, elf, holte zu diesem Zweck sein Taschenmesser hervor.

Als die Jahre noch länger waren, hatte ein richtiger Junge immer ein Messer in der Tasche. Es war nicht besonders groß, es war nicht besonders scharf, aber es war ein Messer; wenn es auch vorwiegend dazu benutzt wurde, sinnfreie kleine Stöcke anzuspitzen, Trauerränder unter den Fingernägeln zu entfernen und gelegentlich eine Tüte Waffelbruch aufzuschneiden. Man hätte sie natürlich auch einfach aufreißen können, aber das war weniger effektvoll.

Der Kubaner leistete erstaunlichen Widerstand, und als die Öffnung in seiner Pappumhüllung endlich groß genug war, um ihm seine explosiven Eingeweide zu entnehmen, floss zum zweiten Mal im neuen Jahr das Blut meiner Familie: Mit dem letzten wütenden Stich rutschte Karl ab, traf seinen eigenen Daumenmuskel und durchtrennte bei dieser guten Gelegenheit auch gleich einen nicht unbeträchtlichen Teil der Haut, die Daumen und Zeigefinger miteinander verbindet. Für unsere Verhältnisse war das eine immerhin mittelschwere Verwundung, und zu Karls Ehre muss gesagt werden, dass er sie ertrug wie ein Mann. Zwar lief ihm das Blut in hellen Strömen über die Hand und in den Ärmel, aber er weinte nicht, sondern presste zwischen zusammengebissenen Zähnen nur immer wieder ein Wort hervor, das ich hier nicht wiederholen möchte. Er klappte sogar noch sein Messer zu, ehe auch er sich an den Rückzug über die Beresina machte.

Man sollte meinen, dass unsere Verluste damit groß genug waren, und tatsächlich hatte ich mich, weiß um die Nase, schon etwa zehn Meter vom Ort des Geschehens zurückgezogen. Aber Kurti, der Listenreiche, Zehnjährige, hielt wohl dafür, dass so viel anstrengendes Tagwerk nicht vergeblich bleiben dürfe. Er schob deshalb das Pulver sorgfältig zu einem kleinen Häufchen zusammen und hielt mit ausgestrecktem Arm ein Streichholz darunter; aber es brannte nicht.

Zum Schutz gegen die leichte Brise hielt er beim zweiten Versuch die linke Hand davor; aber es brannte nicht. Schließlich kniete er auf dem nassen Asphalt, beide Hände um das Pulverhäufchen gelegt, die eigene Nase dicht darüber und riss unser letztes Streichholz an – und das half!

Als die Jahre noch länger waren, liefen in der Kinderstunde bisweilen schon amerikanische Zeichentrickfilme, deren Brutalität heiß diskutiert wurde. Darin gab es eigentlich immer eine Figur, eine schwarze Ente, einen dämlichen Kater oder einen Kojoten, der die haarsträubendsten Unfälle überlebte – z. B. und fast schon stereotyp auch einen Knallfrosch, der direkt vor seinem Gesicht explodierte.

Wenn Sie dieses Bild noch vor Augen haben, wissen Sie, wie mein Bruder nach seiner Begegnung mit dem Kubaner aussah. Sein Gesicht war schwarz, seine Augenbrauen waren weg; aber weil er im letzten Moment die Augen zugemacht hatte, erlitt er keine ernsthaften Verbrennungen. Natürlich schrie er wie am Spieß, schleuderte die Streichhölzer in die eine, die Pappreste des Kubaners in die andere Richtung, und schleuderte bittere Flüche auf die ganze Menschheit, während er als quasi ›dritter Sieger‹ Heim und Herd zueilte.

Was sich dort abspielte, weiß ich leider nur aus den Erzählungen, die meiner Familie noch viele lange Winterabende verkürzten. Meine Mutter war eine tapfere Frau und durch den langjährigen Umgang mit vier Söhnen an den Anblick von Blut und Wunden durchaus gewöhnt. Aber von der Silvesternacht ohnehin ein wenig angeschlagen, wurde dieser Morgen mehr, als ihre Nerven aushielten. Als Kai zuhause eintraf, hielt sie noch routiniert ein Taschentuch unter den Wasserhahn und legte es dem heulenden Kind in den Nacken. Als kurz darauf auch ein blutüberströmtes Karlchen heimfand, sah sie jedoch mit einem Blick, dass hier mit Hausmitteln nichts mehr zu machen war, und verständigte telefonisch den Notdienst. Dann leistete sie noch tapfer erste Hilfe; aber als fünf Minuten später Kurti, sich seines schauerlichen Anblicks nicht recht bewusst, schreiend in den Flur geschossen kam – fiel meine Mutter in Ohnmacht, gegen den Garderobenschrank und schlug sich dabei die Stirn auf. Dies sei, sagte sie später, weniger dem Geschehen als vielmehr ihrer überreizten Phantasie zuzuschreiben gewesen. Als der Erste mit dicker Nase, der Zweite mit zerstückelter Hand und der Dritte halb verbrannt heimkam, erfüllte sie die bloße Vorstellung dessen, was wohl ihrem Jüngsten widerfahren sei, mit einem namenlosen Entsetzen.

Als die Jahre noch länger waren, waren die Erfahrungen mit häuslicher Gewalt noch nicht so fortgeschritten und die Rettungskräfte entsprechend weniger abgestumpft, als das heute leider Gottes der Fall ist. Angesichts der apokalyptischen Szenen in unserem Flur – Hieb-, Stich-, Schnitt-, Stoß-, Brandwunden! – gingen die Sanitäter deshalb ohne weitere Nachforschungen von einer familiären Katastrophe aus und verständigten die Polizei.

Dass etwas derart Aufregendes ausgerechnet in meiner Abwesenheit geschah, war eigentlich untypisch. Noch monate- und nächtelang malte ich mir aus, wie ich mit wenigen klugen Worten alles aufgeklärt oder aber meine Familie gegen die Flut von Uniformierten verteidigt hätte, die nun über sie hereinbrach.

Meine Brüder konnten aufgrund ihrer Verletzungen, meine Mutter aufgrund ihrer Ohnmacht leider nichts dergleichen tun, aber ich muss sagen, dass von nun an auch das nordrheinwestfälische Innenministerium seinen Teil der Schuld trug. Denn als die beiden Gesetzeshüter fragten, was hier denn passiert sei und mein Bruder Karl grimmig hervorpresste, wir hätten einen Kubaner entdeckt, verstand die Ordnungsmacht diese Information aber auch völlig falsch und erwiderte: »Was für einen Kubaner?« Und das, da werden Sie mir zweifelsfrei zustimmen, konnte natürlich nur passieren, weil der eine Polizist aus Stuttgart und der andere aus Bremen ins Ruhrgebiet versetzt worden war. Ich meine, da hätten sie uns auch gleich einen Kubaner schicken können!

Wie der Kubaner ausgesehen hätte, begehrte der Exil-Schwabe zu wissen, fasste die verständnislose Antwort meines Bruders Kai – ja, wie Kubaner eben aussehen! – jedoch als Zeichen präpubertärer Rotzigkeit auf und sagte: »Werd nicht frech, Sportsfreund!« Dabei trommelte er, was außer Kai aber niemand bestätigen konnte, mit den Fingern drohend auf dem Holster seiner Pistole. Wo der Kubaner jetzt sei, war schneidend die nächste, die logisch folgende Frage. »Den hab ich vor Konsum verbrannt«, antwortete Kurti, dessen schwarzes Gesicht, angekokelte Haare und abgesengte Augenbrauen den Wahrheitsgehalt seiner Aussage aufs Grauenvollste bestätigten. Die beiden Gesetzeshüter schwiegen jedenfalls betreten; sei es aufgrund des wenig erhebenden Gedankens, das neue Jahr damit zu beginnen, eine verkohlte Leiche vom Pflaster zu kratzen, sei es, weil ihnen allmählich dämmerte, dass hier ein grundsätzliches Missverständnis vorlag.

Als die Jahre noch länger waren – das muss zur Entschuldigung der Beamten gesagt werden – stellten Kubaner im öffentlichen Bewusstsein ungefähr die gleiche Bedrohung der abendländischen Lebensgrundlagen dar wie die Taliban in neuerer Zeit. Nur mit dem Unterschied, dass sie deutlich mehr Sympathisanten hatten.

Trotzdem wäre vermutlich alles noch ganz glimpflich verlaufen, wenn nicht in diesem Moment die Wiederbelebungsversuche, die die Sanitäter an meiner Mutter vornahmen, als ersten Erfolg die Worte »Klaus! Wo ist Klaus?« gezeitigt hätten, die mit erheblich mehr Atü hervorbrachen, als den versammelten Gemütern zuträglich war. »Wer ist Klaus?«, fragte der Stuttgarter. »Mein Bruder«, entgegnete Karl grimmig. »War der auch dabei?«, fragte der Bremer. Und als Kurti daraufhin wortlos sein schwarzes Haupt senkte, war dem Beamten anzusehen, dass er ähnliche Assoziationen hatte wie meine Mutter.

Das Geschrei auf dem Flur tat aber noch ein Übriges: es weckte meinen Vater auf, der mit sorgfältig geschlossenen Lidern im Wohnzimmer auf dem Sofa lag und seit Stunden tapfer mit den Folgen der Silvesternacht gerungen hatte. Durch die schwer identifizierbare Geräuschkulisse in der Konzentration gestört, die ein solches Stück Männerarbeit erfordert, reagierte er ungehalten. Ob er nun »Ruhe, Herrgott nochmal!« oder »Schnauze halten!« oder gar »Ich komm euch gleich dahin!« brüllte, darüber gehen die zeitgenössischen Berichte auseinander. Übereinstimmung herrscht wieder darin, dass er diesen harten Worten ein lautes, aggressives Stöhnen folgen ließ: »Oouuaah!« – woraufhin die Beamten, die ja immer noch von einem Fall häuslicher Gewalt ausgingen, einen jähen Eingriff in seine Bürgerrechte vornahmen.

Nun rechnet ein Familienvater, sagte mein Vater später, aufgrund lauter Unmutsäußerungen natürlich mit vielem, aber nicht damit, dass zwei Polizisten das Sofa stürmen und ihm Handschellen anlegen. Auch die Frage, was er von diesem Kubaner wisse, konnte er nicht zufriedenstellend beantworten. Sie machte ihn sogar ziemlich ratlos, was wahrscheinlich jeder nachvollziehen kann, der sich am Neujahrsmorgen auf dem Sofa liegend mal die gleiche Frage gestellt hat.

Was ihn aber aufweckte und nachhaltig an seinen Fesseln rütteln ließ, war der Anblick seiner Familie im Hausflur. »Was zum Teufel ist hier los?!«, schrie er und fügte nach einem ersten Blick über die Häupter seiner Lieben besorgt hinzu: »Und wo ist Klaus?«

Als die Jahre noch länger waren und wir die Sphinx des Lebens nur den Brüsten und noch nicht den Tatzen nach kannten, war vieles un-, aber eines selbstverständlich. Wir hatten die Welt noch nicht entdeckt und keine Antworten auf ihre großen Fragen: Wer sind wir? Woher kommen wir? Was sollen wir tun? Aber eines war doch klar. Wohin gehen wir? Immer nach Hause.

Sicher, es war manchmal schwer, vor allem wenn man eine dieser Zeitbomben namens »Mangelhaft« mit sich herumschleppte, die einem spätestens am Abendbrottisch um die Ohren fliegen würde. Wenn Blut geflossen war, Scheiben in Trümmern lagen, der Autoreifen zerstochen und das Kind in den Brunnen gefallen war.

Wohin gehen wir? Nach Hause!

Als meine Brüder in die Flucht geschlagen waren, hatte ich mich eine Weile ~~in der~~ bittersüßen Hoffnung herumgetrieben, noch einen Kubaner zu finden. Aber es war vermessen, vom Schicksal mehr zu verlangen, als meiner Familie an diesem Morgen zuteil geworden war. Außerdem fand ich irgendwann die Blutspuren, die meine Brüder hinterlassen hatten, und irgendwie waren diese Bande stärker als mein Wunsch, der Held zu sein.

Schon als ich in unsere Straße einbog, wurde mir klar, dass mächtig was im Gange sein musste, denn die Fenster waren dicht mit Sofakissen und darauf gestützten Nachbarn bestückt. Der Notarztwagen und das Polizeiauto vor der Tür, und die mehrheitlich neiderfüllten Blicke teilten meinem Unterbewusstsein außerdem mit, dass ich kleiner Knirps gleich etwas erfahren würde, was die ganze Straße verzweifelt gern gewusst hätte.

Literarisch sensible Gemüter hätten zweifellos vermutet, dass die guten alten Abgründe im Alltäglichen sich hier und heute mal wieder besonders klaffend auftaten. Aber stattdessen blieb die aus einigen Fenstern geäußerte Bemerkung, dass das alles ja irgendwann mal so kommen musste, vereinzelt auch: dass ein solches Ende nicht unverdient sei, das Einzige, was mich auf meinem Weg begleitete. Da begann ich zu laufen.

Im Flur wurde es allmählich zu eng für so viel Elend. Aber die Blutungen waren inzwischen gestillt, und als ich die Treppe hochgeschossen kam, zerstreuten sich auch alle anderen Befürchtungen mit einem allgemeinen Seufzer, der jedem Kubaner Ehre gemacht hätte. Warum mein Vater – einsamer Gipfel sozialer Exotik – noch immer Handschellen trug, wusste ich nicht. Aber er schaffte es trotz dieser Behinderung, seine Arme um meine Schultern zu legen, drückte mich an sich und sagte tief bewegt: »Klaus! Klaus! Alles wird gut!«

Und als die Jahre noch länger waren, habe ich nie daran gezweifelt.

Elisabeth Wittkowski
… life goes on

Elisabeth Wittkowski, geboren 1998, war bis zum Abitur 2016 Schülerin in Castrop-Rauxel und wird Germanistik und Theologie an der Ruhr-Universität Bochum fürs Lehramt studieren.

Man muss sich entscheiden. Auch wenn man die zu treffende Entscheidung lange aufschiebt, oder wenn man alles versucht, sie zu umgehen. Auch in der Schule. In meinem Fall war diese Entscheidung Ende der Jahrgangsstufe 9 zu fällen. Musik oder Kunst? Beide Fächer konnte ich nicht behalten. Das Schulministerium hat mir vorgeschrieben, dass ich mich entscheiden muss.

An meiner Schule hatte ich von der 8. bis zur 9. Klasse als Differenzierungskurs Kunst belegt. Dieser Unterricht war wirklich fantastisch, und beinahe euphorisch dachte ich daran, Kunst eventuell sogar als Leistungskurs zu wählen. Als Klavierspielerin wollte ich aber auch Musik nicht aufgeben. Etwa zur gleichen Zeit, als mir bewusst wurde, dass ich mich in nächster Zeit zwischen Musik und Kunst entscheiden muss, wurde uns erzählt, dass wir in der Jahrgangsstufe 11 eine sogenannte Facharbeit zu schreiben hätten. Man könne in einem beliebigen Fach über ein beliebiges Thema eine solche Arbeit schreiben. Schüler werden so an das wissenschaftliche Arbeiten herangeführt.

»Ein beliebiges Thema«. Das blieb bei mir hängen. Und so kamen mir, zwei Jahre bevor ich die Arbeit schreiben sollte, haufenweise Ideen. Ideen, die alle mit Musik zusammenhingen: Harry-Potter-Filmmusik, Beatles, Elton John … Ich könnte über etwas schreiben, das wirklich zu mir gehört! Schon komisch eigentlich, aber ich – geboren 1998 – höre liebend gerne Musik aus den 60ern und 70ern. In meiner Jahrgangsstufe war ich damit ziemlich alleine. Aber nur, weil ich mit kaum einem mal darüber sprechen konnte, dass »Sgt. Pepper« gar nicht so psychedelisch ist, wie man wegen des Covers auf den ersten Blick denkt, oder nicht darüber diskutieren konnte, wieso ausgerechnet Elton John als erster westlicher Rockstar in der UdSSR auftreten durfte, musste ich mich ja nicht zurückhalten, wenn sich mal die Gelegenheit bot, mein Wissen über diese Musik in den Unterricht einzubringen. Filmmusik und Beatles sind Themen im Musikunterricht. Ausgerechnet Elton John (aus mir unerklärlichen Gründen) aber nicht. Also wollte ich meine Facharbeit über ihn, genauer gesagt: über seine frühen Songs schreiben. Dann könnte ich aber nicht mehr Kunst haben. Mein Kunstlehrer riet mir, Kunst zu behalten, mein Musiklehrer, Musik zu behalten. Ich wählte schließlich schweren Herzens Musik.

Zum ersten Mal musste ich jetzt auch in Musik Klausuren schreiben: über Motive und Themen, über Periode und Satz. Wir wurden Schritt für Schritt an die formale Analyse von Musik herangeführt. Für jemanden, der ein Instrument spielen kann, war das noch relativ einfach. Ich freute mich schon fast auf die Klausur, so gut konnte ich mich in diesem Thema zurechtfinden. Es ist schon merkwürdig, aber ich wollte unheimlich gerne Stücke gliedern, Rhythmen beschreiben und Harmonien erklären.

Am 13. November 2013 saßen Schüler aus drei Musikkursen mit Klausurheften auf den Tischen vor sich im Musikraum. Wir bekamen die Aufgabenzettel. Das Material war »Ob-La-Di, Ob-La-Da« von den Beatles. Ich konnte mein Glück kaum fassen. Wann muss man schon mal in einer Klausur etwas behandeln, das man privat schon lange toll fand? Jetzt hatte ich das Ziel, eine Eins zu schreiben: Immerhin fühlte ich mich pudelwohl mit den Aufgaben. Zunächst sollte ich Tonarten bestimmen und Tonleitern bilden. Auch der nächsten Aufgabe, die ich bearbeitete, widmete ich mich zuversichtlich. Ich sollte auf der Grundlage eines kurzen Textes erklären, inwiefern »Ob-La-Di, Ob-La-Da« ein Ohrwurm ist.

Von den insgesamt zur Verfügung stehenden 90 Minuten schrieb ich die letzten 60 gewissenhaft und strukturiert an dieser Aufgabe. Ich gab dann mein Heft ab und machte mich auf den Weg nach Hause.

Während ich durch das langgestreckte Schulgebäude ging, sprach ich mit Freunden über die Klausur. Was ich denn zur rhythmischen Analyse so geschrieben hätte, fragten sie.

»Ihr meint zu dem Text?«, fragte ich.

»Nein, bei Aufgabe zwei. Für Aufgabe drei hatte ich fast gar keine Zeit.«

»Welche Aufgabe drei?«

»Na, die mit dem Ohrwurm.

»Gut, ich hatte schon einen Schrecken bekommen, dass ich was vergessen hab. War schon komisch, dass die eigentliche Analyse gar nicht dabei war, oder?«

Ich begriff es immer noch nicht.

»Elli, die war da. Hast du die etwa nicht?«

»Moment. Aufgabe eins war die mit den Tonarten. Dann erklären, wieso das Lied ein Ohrwurm ist. Das war's doch!«

»Nein, wir sollten doch richtig analysieren! Mit Abschnitten und allem!«

Ich stieg dann in den Bus, und langsam wurde mir klar, dass ich die Hauptaufgabe der Klausur vergessen hatte. Aber wie konnte ich dann die ganze Zeit an den »kleineren« Aufgaben arbeiten? Ich hatte ja am Schluss auch kaum Zeit übrig. Mir wurde ganz kalt, und ich fühlte mich zittrig. (Über Kopfhörer hörte ich während der Fahrt »Hey Jude« und »The Fool on the Hill«, was – rückblickend betrachtet – der wohl theatralischste Soundtrack für so etwas sein kann.)

Zuhause erzählte ich erst mal meinen Eltern davon. Sie beruhigten mich und sagten, ich solle einfach mal abwarten, bis ich die Klausur wiederbekomme, und das Ganze vergessen.

Am nächsten Tag fing ich meine Musiklehrerin auf dem Gang ab und beichtete ihr, dass ich die Analyse vergessen habe. Sie konnte das zunächst nicht glauben (»Ist dir denn gar nichts aufgefallen?«), sagte aber auch, ich solle mir jetzt keine Sorgen machen und abwarten.

Etwas später korrigierte sie dann die Klausuren und hat mir das Heft während eines Einzelgesprächs zurückgegeben. Ohne mir irgendwie Punkte zu schenken, konnte sie mir tatsächlich noch eine Drei minus geben. Ich war wirklich erleichtert. So gesehen, war alles gar nicht so schlimm, aber der Schock steckt mir heute noch in den Knochen, wenn ich auch nur daran denke.

Ich fing (teils aus Selbstschutz, teils aus Erleichterung) recht früh an, Witze über die ganze Geschichte zu machen, und meinte, dass sie in ein paar Jahren wie eine lustige Anekdote erzählt wird. Bis heute werde ich hin und wieder von meinen Freunden damit aufgezogen.

Aber meine Facharbeit habe ich dann mit so viel Freude (und Sorgfalt) geschrieben, dass ich alle Unsicherheit in Bezug auf »meine« Musik verloren habe. Sechs Wochen habe ich mich nur mit Elton John beschäftigt. Und dann habe ich sie auch noch am 25. März, seinem Geburtstag, abgegeben. Im Schlusswort habe ich John Lennon zitiert und konnte so auch noch die Beatles einbinden.

Die Klausur aber, die nun wirklich dumm gelaufen war, zeigte mir, wie wichtig es sein kann, schlechte Erfahrungen (so unbedeutend sie auch sein mögen) einfach hinter sich zu lassen: »Ob-la-di, ob-la-da, life goes on!«

Hubertus A. Janssen

Sternenhimmel

Tausend Sterne
funkeln ferne,
wenn er fällt aus
der Taverne.
Nachts,
in Herne.

Anke Klapsing-Reich
Rentier-Ringelreigen

Anke Klapsing-Reich erblickte 1961 in Dorsten das Licht der Welt. Ihr Abitur baute sie am St. Ursula-Gymnasium, bevor es sie zum Studium (Geschichte, Germanistik, Politik) ins schöne Trier an die Mosel zog. Nach ihrem Magisterabschluss kehrte sie in »den Pott« zurück und volontierte bei den Ruhr Nachrichten in Dortmund. Viele Jahre arbeitete sie als Redakteurin in der Wochenend-Beilage *Das bunte Journal*. Heute lebt die Mutter eines inzwischen erwachsenen Sohnes mit ihrer Familie wieder in Dorsten und arbeitet als Lokalredakteurin bei der Dorstener Zeitung/ Ruhr Nachrichten. Als Autorin lokalhistorischer wie auch unterhaltsamer Themen sind bislang schon mehrere Veröffentlichungen von ihr erschienen.

»Augen zu und durch!« Schon als Kinder verpflichtete uns mein von westfälischer Bodenständigkeit durchdrungener Vater auf dieses Familienmotto, in dem Aufgeben nicht vorgesehen war.

Wenn beispielsweise meine Gieraugen mal wieder das Fassungsvermögen meines Magens ignorierten und ich meinen Teller über den erlaubten Maximal-Pegelstand hinaus mit dem Mittagsgericht flutete, mahnte er mich liebevoll, aber bestimmt zu Disziplin und Mäßigung: »Was man angefangen hat, muss man auch zu Ende führen!« Kein Graupenzähnchen durfte mehr in der Suppenpfütze schwimmen, kein Eisbein-Glibberfetzen mehr im Kartoffelbrei stecken, schließlich hatte ich mir ja alles ohne Not selbst draufgeschaufelt. Also: Mund auf, Augen zu und durch!

Mein leer geputzter Teller hat den Kindern unserer Nachbarschaft damals die meisten Sonnenstunden in der westfälischen Wetterstatistik beschert. Hatte ich was davon? Nein! Ich musste drinnen bleiben, denn mein wegen Überfüllung gebeutelter Magen rebellierte hartnäckig gegen jegliche Freiluftaktivität, wie Gummitwist an der Teppichklopfstange im Gemeinschaftsgarten.

Als »Pubertier« suchte ich nach handwerklichen Herausforderungen und nahm alles in Angriff, was zwar dem damaligen Zeitgeist, aber nicht meinen Neigungen entsprach. Lektion 1: Gewürzbilder gestalten. Unter Anleitung meiner künstlerisch begabten Freundin Ragna schüttete ich Paprika-Dünen, Pfefferkorn-Batterien und Nelken-Wälder auf unzählige mit Ölfarbe präparierte Holzquadrate, um sie mit putzigen Häusern und farbschönen Landschaften zu verzieren. Schließlich war jede mir bekannte Küche im Umkreis von fünf Kilometern mit einem Gewürzbild à la Anke ausgestattet. Also verlegte ich mich für die Familienbescherung zur folgenden Weihnacht auf die Massenproduktion von Papierkörben: Das kunstvolle Flechtwerk der im Wasserbad biegsam gemachten Peddigrohre, die mühsam an die runde Holzbodenplatte genagelt werden mussten, brachte mir viel Bewunderung und manchen blauen Fingernagel ein.

Dann kam ich auf die Masche, meine Liebsten zu bestricken. Pullunder und Socken, Mützen und Handschuhe wuchsen auf klappernden Nadeln. Mit neurotischer Besessenheit jagte ich ein Knäuel nach dem nächsten über die sperrigen Stricknadeln, bis sie sich durch die brodelnde Energie in meinen schwitzenden Fingern spiralenförmig verbogen. »Zisch« – und schon wieder erlosch quasi ein ausrangiertes glühendes Nadel-Set im Eiswasserbad neben dem Wollkorb.

Meinen ersten festen Freund wollte ich mit einem besonders originellen Pullunder umgarnen. Ragna machte sich sofort ans Werk und kreuzte im Rechenblock ein Strickmuster in die Kästchen, das einer skandinavischen Winterlandschaft nachempfunden war: Stattliche Elche in naturfarbenem Ton trabten in Reih und Glied durch die tiefblaue Nacht. »Wie romantisch«, jauchzte ich erfreut und zückte auch gleich die Nadeln für den erklärten Maschenkampf.

Doch bei der ersten Anprobe mit Richard als freiwilligem Probanden war das Missgeschick nicht zu übersehen: Wie ein nasser Kartoffelsack schlotterte der halbfertige Pullunder um Richards Oberkörper. »Kann es vielleicht sein, dass dieses Teil dir ein wenig zu groß geraten ist?«, bemerkte Richard, von derart schwerer Woll-Lust schier erdrückt. Auch Freundin Ragna schaute betreten in die

Runde und suchte nach den richtigen Worten in diesem falschen Film: »Anke, eine gute Strickerin muss auch aufribbeln können!«

Eine gute Strickerin? Hatte ich jemals behauptet, eine gute Strickerin zu sein? Und wollte ich mich etwa mit diesem Pullunder Marke Eigenbau im Ranking der weltbesten Maschenkünstlerinnen aller Zeiten in die Top Ten katapultieren? »Nein und nochmals Nein!«, schrie ich donnernd meinen unumstößlichen Entschluss heraus, »Was man anfängt, muss man auch zu Ende führen!« So nähte ich kurzerhand die überschüssigen Maschenreihen in die Seitennähte ein, die nun als dicke Wülste die Taille auspolsterten. Dass sich als Konsequenz der Raffung zwei der elefantengroßen Elche, die im Ringelreigen um den Bauch marschierten, fortan in den Hintern bissen, nahm ich billigend in Kauf. Was soll's? Hintern zu und durch! Selbstgemacht ist selbstgemacht. Schließlich handelt es sich um ein Original, ein Unikat. So einen Pullunder gibt es auf der ganzen Welt kein zweites Mal.

Mein Freund trug's mit Fassung. Vor junger Liebe blind, hätte er sich damals vermutlich auch eine gehäkelte Luftmaschenkette als Krawatte um den Hals gebunden, wäre sie nur von meinen liebevollen Händen erschaffen … So stapfte »Mr. Reindeer« tapfer durch die Hörsäle der Universität und hatte die Aufmerksamkeit aller Studenten und Dozenten granatensicher, die ihn amüsiert bis mitleidig musterten.

Später haben der »Elch-Trapper« und ich uns dann aus den Augen verloren. Und was mit dem »amputierten« Pullunder passiert ist – keine Ahnung. Vielleicht ist er ja nach Skandinavien ausgewandert und hat mit seinem Nobody-is-perfect-Rentier-Ringelreigen als Trendsetter für die westfälische Tugend geworben, die in meiner Familie konsequent gepflegt wurde: Auch, wenn man sich manchmal in den Hintern beißen muss: Aufgeben gilt nicht.

Augen zu und durch!

Den Ball weit in die Zukunft werfen
Prof. Dr. Martina Oldengott vom Vorstandsbüro der Emschergenossenschaft

im Gespräch mit Sarah Meyer-Dietrich

Du bist in Berlin geboren und aufgewachsen, hast lange in Hamburg gelebt. Was hat dich ins Ruhrgebiet verschlagen?
Die Liebe. Ich habe auf einer Konferenz in Hamburg Martin kennengelernt, und wir haben uns innerhalb weniger Stunden ineinander verliebt. Vier Jahre bin ich fast jedes Wochenende nach Bochum gependelt und habe immer gedacht: Irgendwann muss er doch sehen, wie schön Hamburg ist. Das Ende vom Lied war, dass ich jetzt hier wohne.

Was war schließlich der Auslöser für dich?
Dass ich eine Stelle bei der Emschergenossenschaft bekommen habe. Die Entscheidung fiel mir zwar nicht leicht, weil ich bis dahin einen tollen Job in Hamburg hatte – nämlich die Leitung der Abteilung Grünplanung auf Landesebene. Aber die Arbeit bei der Emschergenossenschaft hat mir noch einmal ganz neue fachliche Felder eröffnet und wichtige Möglichkeiten der beruflichen Weiterentwicklung gegeben.

Was Liebe und Arbeit betrifft, war es für dich also ein Glücksfall, hierher zu kommen. Aber dachtest du auch: Super, ich darf ins Ruhrgebiet ziehen?
Nein. Ich habe 15 Jahre im schönen Hamburger Stadtteil Blankenese gelebt. Als ich Mitte Dezember 2001 zum ersten Mal nach Bochum-Hamme kam, um Martin zu besuchen, bin ich ganz still geworden und hab geschluckt.

Der Himmel über der Ruhr war zwar längst nicht mehr grau, dafür aber die Häuserfassaden. Und die Straßendecken waren voller Schlaglöcher. Ich habe mich wie in eine andere Welt zurückversetzt gefühlt.
Von einem ersten kurzen Besuch im Ruhrgebiet 1994 hatte ich eine ganz andere Vorstellung mitgenommen, die von der Industriekultur der IBA Emscherpark geprägt war: ein Tag auf der Zeche Zollverein im September bei blauem Himmel und Sonnenschein! Erst durch meine Arbeit hier kam ich in die Ruhrgebietsstädte und fand das zunächst sehr bedrückend.

Trotzdem bist du geblieben …
Ich begann schnell, hinter diesen vordergründigen Schichten Schönheiten und Einzigartigkeiten zu entdecken, die es nirgendwo anders als hier gibt. In der Geschichte, der Kultur, der Architektur und der Landschaft. Aber das erschließt sich einem Neuankömmling eben nicht auf den ersten Blick. Bei den Heimspielen des VfL Bochum singe ich mittlerweile das Bochum-Lied von Herbert Grönemeyer lauter als die Ruhris um mich herum.

Würdest du heute sagen, dass es auch ein Glücksfall war, die Region für dich zu entdecken?
Ja. Einerseits ist es toll für mich, da zu leben und zu arbeiten, wo ich das Gefühl habe, richtig etwas erreichen zu können. Als Landschaftsarchitektin freue ich mich, dass hier noch viel Neues geschaffen werden kann.
In Hamburg ist mir zwischenzeitlich sehr bewusst geworden, wie reich diese Stadt ist und dass das nicht das normale Leben von 80 Millionen Einwohnern der Bundes-

republik Deutschland ist. Allerdings habe ich durch die Bewerbung um die Internationale Gartenbauausstellung Hamburg 2013 auch dort für die sozial benachteiligten Stadtteile wie Wilhelmsburg und die Veddel gearbeitet und hatte das Gefühl, Gutes zu bewirken.

Nach wie vor braucht das Ruhrgebiet Unterstützung für mehr Lebensqualität und ökonomische Stabilisierung. Dafür arbeiten zu können, dass es der Region besser geht, finde ich an meinen Aufgaben bei der Emschergenossenschaft ungemein beglückend.

Der andere Aspekt ist, dass man hier menschlich sehr gut aufgefangen wird. Von dieser Tradition des Integrierens, die im Ruhrgebiet, bedingt durch Bergbau und Zuzug existiert, habe ich sehr profitiert.

Der Bergbau und der Zuzug vieler Menschen war in der Vergangenheit für die Emscher aber überhaupt kein Glücksfall …

Das stimmt. Die Emscher steht sinnbildlich für all das, was der Region widerfahren ist. Die Landschaft ist durch den Abbau der Bodenschätze und die industrielle Produktion komplett verändert worden. Der Emscher ist es genauso ergangen.

An historischen Bildern und Karten der Emscher wird dieser Wandel zur industriellen Kulturlandschaft sehr deutlich. Wenn man diesen kleinen Fluss, der sich gemächlich durch eine flache Wiesen- und Bruchwaldlandschaft schlängelt, vergleicht mit der heutigen oberirdischen Abwasserautobahn, die an vielen Stellen viel höher liegt als die umliegende Landschaft, erscheint der Wandel besonders eindrucksvoll.

Aber ihr als Emschergenossenschaft lebt diese Ruhrpottmentalität, in der man sagt: Wir bleiben da nicht stehen, sondern packen es an und machen das Beste draus. Was passiert im Moment mit der Emscher?
Das Wichtigste ist, dass wir jetzt, wo die Bergsenkungen zum Abklingen kommen, den Fluss vom Abwasser befreien. Wir geben dem Fluss die Möglichkeit zurück, sich eigendynamisch ökologisch zu entwickeln. Es ist eine unserer Pflichtaufgaben zur Erfüllung der Europäischen Wasserrahmenrichtlinie.
Flankierend werden in den Städten an der Emscher viele Maßnahmen der städtebaulichen und freiräumlichen Aufwertung umgesetzt. Die früher grauen Hausfassaden wenden sich nun mit hellen und freundlichen Gesichtern dem Fluss zu. Die Freiräume werden wieder nutzbar. Man kann an vielen Orten schon jetzt dort spazieren gehen oder Rad fahren.

Da macht ihr aus Dreck wieder etwas Wunderbares.
Ja, denn gerade da, wo man ganz tief gefallen ist, was vielleicht auf die Emscher im übertragenen Sinne zutrifft, hat man eben auch die Möglichkeit, eine Metamorphose zum Guten zu wenden.
Die Geschichte der Emscher ist tragisch. Sie hat eine dienende Funktion als oberirdischer Abwasserkanal übernommen, damit man hier überhaupt leben und Montanindustrie betreiben konnte. Aber jetzt haben wir über den Gewässerumbau hinaus die Chance, durch Pilotprojekte den Ball weit in die Zukunft zu werfen.
Was neue Technologien, erneuerbare Energien, wasserwirtschaftliche Qualitäten und technische Bauwerke angeht, setzen wir damit weltweit höchste Standards. Das

macht uns stolz. Und diese Region hat es sich verdient, ihren Stolz zurückzugewinnen.

Nachdem du so begeistert über die Region gesprochen hast und du dich offenbar wirklich zugehörig fühlst: Würdest du je wieder wegziehen wollen?
Das ist die schwierigste Frage überhaupt. Je älter ich werde, desto mehr Wert gewinnt für mich die Heimat. Als junge Frau wollte ich einfach mal weg aus Berlin. Je älter ich werde, desto mehr Sehnsucht bekomme ich wieder nach Berlin. Aber letztendlich bin ich jetzt familiär hier verankert und habe Freunde gewonnen. Im Moment kann ich mir nicht vorstellen, das aufzugeben und noch mal wegzugehen.

Benjamin Bäder
Opa Dieter

Benjamin Bäder, Dipl. Kommunikationsdesigner, wurde 1982 in Dinslaken geboren und lebt mit seiner Frau und seinen drei Kindern in Duisburg an der Sechs-Seen-Platte. Er arbeitet als Illustrator und veröffentlicht Texte in Zeitschriften, Anthologien, Blogs etc., ist Redakteur der Literaturzeitschrift *Richtungsding*, die ihren Sitz im Ruhrgebiet hat, und ist Vorsitzender des Friedrich-Bödecker-Kreises NRW. [www.benjaminbaeder.de]

Eines Tages ertönte ein ohrenbetäubendes Quietschen auf dem Schulhof. Einige Schüler, die wie mein Bruder und ich auf den Bus warteten, hielten sich die Ohren zu, andere sahen nur schmerzverzerrt drein, ein Mädchen wäre beinahe in Ohnmacht gefallen.

Es hörte sich an, als würde jemand eine steifgefrorene Katze durch eine Kreissäge jagen. Das Geräusch war jedoch einem Auto zuzurechnen, das auf dem Bürgersteig vor der Schule zum Stehen kam. Alle sahen gebannt zu dem Opel Kadett B herüber, der nun völlig still dastand. Opa Dieter stieg aus, schnipste lässig einen Zigarettenstummel ins Gebüsch und trat auf den Schulhof.

An dieser Stelle muss ich erwähnen, dass mein Opa einer jener Männer war, die noch auf dem Pütt malocht haben. Trotzdem war er stets braun gebrannt, denn er war ein ausgemachter Fuchser. So nannten wir einen, der jeden Pfennig dreimal umdreht, um ihn dann doch zurück in die Tasche zu stecken. Mein Opa war so geizig, dass er außer einer Hosentasche kaum etwas anhatte. Seine Oberteile ließ er, sobald die Temperatur es zuließ, im Schrank hängen, damit sie sich nicht abtrugen. Das einzige Kleidungstück, in dem er sich wirklich wohlfühlte, waren weiße Socken, die er selbst im Sommer in seinen Sandalen trug. Seine Hose zog er nicht aus Schamgefühl an, sondern damit er einen Platz hatte, an dem er seine Kippen parken konnte, Opa Dieter quarzte nämlich wie ein Industrieschlot.

Immer wenn es etwas umsonst gab, entwickelte Opa Dieter einen ausgeprägten Familiensinn und versammelte Oma Elsa, Papa, Onkel Klaus und Tante Gerda sowie deren Anhang, und alle mussten mithelfen, den ganzen Tinnef einzusammeln.

Als Opa meinen Bruder und mich zwischen den anderen Schülern erblickte, wussten wir, dass es auch uns erwischt hatte. Opa nickte uns zu, kratzte sich kurz an seinem nackten Bauch und wandte sich wieder seinem Wagen zu. Während wir unter den Blicken der anderen hinter ihm her trotteten, zündete er bereits die nächste Kippe an und setzte sich ins Auto. Wir stiegen ein, Opa drehte den Zündschlüssel, und wieder ertönte dieses infernalische Quietschen, diesmal aus nächster Nähe.

»Boah Oppa, wat is dat?«, fragte mein Bruder und hielt sich das rechte Ohr zu.

»Dat is der Keilriemen; aber keine Sorge, der hält noch«, erklärte Opa und fuhr rückwärts auf die Straße, um zu wenden.

»Und was machen wir heute?«, erkundigte ich mich.

»Frag nicht so scheinheilig. Wir gehen Brombeeren pflücken. Dat is 'ne Familiensache. Aber ihr habt ja letzte Woche vorher die Kurve gekratzt, da wollte ich auf Nummer sicher gehen, dat ihr diesmal mitkommt.«

Mein Bruder protestierte: »Brombeeren schmecken voll kacke. Kannst du uns nicht wat Süßes vonne Bude mitbringen, wenn du nächstes Mal Kippen kaufst?«

Opa beendete den Dialog mit einem: »Aber die sind umsonst. Und wat glaubse, warum der liebe Gott überall ummen Ruhrpott herum Brombeersträucher gepflanzt hat?«

Onkel Klaus konnte man ansehen, dass er in etwa so wenig Lust hatte, Brombeeren zu pflücken, wie mein Bruder und ich. Er war zu dieser Zeit Student, und seine Freundin hatte ihn gerade verlassen. Allen anderen schien das Familientreffen im Grünen jedoch ganz gut zu gefallen. Papa plauderte ein bisschen mit Onkel Günni und

Mama mit Oma und Gerda. Auch meine Cousine Sarah war mit von der Partie, auch wenn sie noch zu klein war, um Brombeeren zu pflücken. Opa rauchte eine nach der anderen, erklärte allen Familienmitgliedern wie sie am besten vorgehen müssten, um sich nicht zu stechen, und wuselte zwischen den Sträuchern umher. Zwischendurch fütterte er Sarah mit Brombeeren, die er in einem Körbchen am Unterarm trug.

Irgendwann sagte Sarah: »Oppa, da!« und zeigte ihm auf den Bauch.

»Ja, da is der Oppa!«, stellte er klar.

»Ich glaub, sie meint die riesige Zecke, die an deinem Bauchnabel hängt«, erklärte Gerda.

Alle glotzen auf Opas Körpermitte.

»Ihhh, is ja ekelhaft!«, rief mein Bruder.

Aber Opa ließ sich nicht beirren. Er nahm die Zigarette, die er gerade in der Hand hielt und drückte die glühende Seite gegen das Krabbeltier. Es zischte.

Sofort begannen alle wild durcheinanderzureden. Jeder hatte eine Meinung zu dem, was Opa nun wieder angestellt hatte.

Ich kann mich nicht mehr genau erinnern, was alles gesagt wurde. Jedenfalls war nachher die Zecke weg, und auf Opas braungebrannter Haut konnte man keine Verletzung ausmachen.

Woran ich mich bei diesem Ausflug noch erinnern kann, ist, dass Opa zu Onkel Klaus sagte: »Du brauchst dringend eine neue Freundin. Am besten noch bevor die Kastanien reif sind.« Woraufhin Onkel Klaus erwiderte: »Kauf dir erst mal 'nen neuen Keilriemen, du alter Fuchser.«

Opa meinte, dass man mit diesem Keilriemen noch bis Spanien und zurück käme, das stimmte aber nicht.

Meine Eltern wollten noch ins Kino, und als Opa mich und meinen Bruder nach Hause fahren wollte, verabschiedete sich der Keilriemen in einer Kurve, als wir gerade auf die A 40 fuhren, und riss diverse andere Teile des Motors mit sich, die man dringend benötigt hätte, um weiterzufahren. Opa lenkte den rollenden Wagen noch auf den Mittelstreifen, dann blieb er stehen.

»Kacke, jetzt verpassen wir Winspector«, rief mein Bruder.

»Was machen wir jetzt?«, fragte ich.

Opo drückte seine Kippe in den vollen Aschenbecher und versuchte mehrmals erfolglos, den Motor zu starten. Dann meinte er: »Keine Ahnung. Vielleicht rufe ich mal einen Abschleppwagen. Bleibt ma im Wagen, is vielleicht gefährlich draußen.«

»Oppa, du kannst doch jetzt nicht aussteigen und uns hier alleine zurücklassen, wir stehen in der Mitte der A 40.«

Um meine Aussage zu unterstreichen, fuhr ein LKW hupend den rechten Rückspiegel von Opas Opel ab.

»Ja, dat is mies«, sagte Opa und kratzte sich am Kinn. »Wat würdest du denn machen?«

»Ich? Ich würde vorschlagen, wir beide schieben den Wagen erst mal auf den Seitenstreifen und Micha lenkt.«

»Kannste vergessen!«, protestierte mein Bruder. »Du lenkst und ich schiebe mit Oppa die Karre.«

Also schoben Opa und mein Bruder den Wagen auf den Seitenstreifen und dann rief Opa den Abschleppwagen.

Nur zu Winspector waren wir nicht rechtzeitig zurück. An der Werkstatt war Opa wieder ganz der Alte und weigerte sich ein Taxi zu bezahlen. Also mussten wir warten, bis meine Eltern aus dem Kino kamen und uns einsammelten.

Hubertus A. Janssen
Gouvernantenverfall

Die so genannte
Erziehungstante.

Die Gouvernante
rannte und rannte,
als unverspannte,
als sehr rasante,
sehr elegante
und große Tante …

… ganz lautlos fluchend,
die Sitten suchend,
– die guten Alten –,
sie hochzuhalten …

… durch Herne-Süd.
Bis sie verschied.

Simon Wagenschütz
Zweiter

Simon Wagenschütz. Geboren in Hattingen/Ruhr. Kindheit und Jugend im Ruhrgebiet (Sprockhövel, Herne) und im Landkreis Osnabrück (Remsede). Studium an der Ruhr-Universität Bochum. Inzwischen im zweifachen Exil in Südkorea. Hat unter den Namen Otaru Tomis und David Jordan mehrere Bücher bei BoD veröffentlicht, zuletzt (2016) einen Band mit *CafeHaus-Geschichten*.

Vorab eine Anmerkung: Wie kommt es dazu, dass ein Ruhri sich auf in die weite Welt macht und dabei bis nach Südkorea kommt? Nun, natürlich könnte er es von den Eltern haben. Die Mutter – aus Gerthe gebürtig – machte sich schließlich mal nach West-Berlin auf. Und der Vater – aus Spandau gebürtig – schaffte es schließlich bis nach Düsseldorf. Doch wenn ich das Fernweh auch quasi mit der Muttermilch aufgesogen habe, so ist das doch nicht die ganze Wahrheit. Nein, inzwischen (leider inzwischen) hat das Ganze ganz pragmatische Gründe. Und ich will es mal so direkt formulieren, wie die Menschen aus dem Ruhrgebiet nun einmal direkt sind: Lieber akademisches Prekariat in Südkorea als akademisches Prekariat im Ruhrgebiet oder in einem anderen Teil von Deutschland.

Südkorea gelang – wenn auch zu einem sehr hohen Preis – der Strukturwandel. Aus einem Land der 3. Welt wurde ein Industrieland (Südkorea ist Mitglied der G20!). Dem Ruhrgebiet dagegen gelang – aus meiner Sicht – sein Strukturwandel leider nicht, mag in Sonntagsreden der Politiker oder in toll aufgemachten Broschüren auch das Gegenteil behauptet werden. Man schaue sich einfach nur die Bevölkerungsentwicklung des Ruhrgebiets und die Entwicklung der Arbeitslosenquote im Ruhrgebiet an. Und wen Statistiken nicht überzeugen, weil sie oder er sie nicht selbst gefälscht hat, schaue sich einfach nur die Innenstadt von Oberhausen oder die von Wanne-Eickel an. Manche mögen sich an diesen Anblick gewöhnt haben. Ich könnte nur heulen. Aber genug davon! Kommen wir endlich zur Sache.

Es ist schon seltsam: Da möchte man etwas unbedingt, strengt sich nach Leibeskräften an, gibt alles, um es zu bekommen – und steht dann, obwohl man alles richtig gemacht hat, mit leeren Händen da. Ja, und manchmal kriegt man dann auch noch einen Arschtritt als Zugabe dazu verpasst. Tja, und manchmal ist einem eigentlich alles recht schnuppe – und siehe da: Man verlässt das Spielfeld mit einer Trophäe in der Hand!

Die Chefin des Goethe-Instituts (GI) in Daejeon (Südkorea) rief mich in der ersten Jahreshälfte 2015 an und fragte, ob ich nicht mit einer koreanischen Kollegin an einem vom GI, von der Koreanischen Gesellschaft für Deutsch als Fremdsprache (KGDaF) und der Universität Wien organisierten Wettbewerb zum Thema »Deutschunterricht mit Spaß und Erfolg« teilnehmen wolle. Ich hatte gerade das Verfahren durchlaufen, das man durchlaufen muss, will man als (Teilzeit-)Honorar-Lehrkraft am GI arbeiten. Warum also nicht? So sagte ich zu.

Hätte ich vor der Zusage doch nur einen Blick in die Modalitäten dieses Wettbewerbs geworfen, dessen Ziel es war, die Qualität des Unterrichts zu verbessern. Es war nicht gerade wenig, was da auf einen zukam: Stundenentwurf anfertigen, nach dem Stundenentwurf für zwanzig Minuten unterrichten und diesen Unterricht aufzeichnen und bei Youtube hochladen. Nach einer Vorauswahl und Überarbeitung des Entwurfs hätte man dann den kompletten Unterricht von 90 Minuten nach dem Stundenentwurf halten und filmen sollen. Viel, viel Arbeit also. Hinzu kam der Umstand, dass ich nicht in Daejeon beheimatet bin, sondern in Cheongju, so dass das Organisieren und Treffen zusätzlich viel Zeit in Anspruch nahm. Aber der ganze Aufwand war für mich gar nicht einmal das Problem.

Was mir im Zeitalter der Aufmerksamkeitsökonomie und der totalen Internetüberwachung Magenschmerzen bereitete, war das Hochladen des gefilmten Unterrichts bei Youtube. Das allein hätte mich davon abgehalten, mich aus eigener Initiative für den Wettbewerb zu melden.

Doch hätte, hätte, Fahrradkette. Ich hatte bereits zugesagt. So gab es kein Zurück mehr. Und so machten die koreanische Kollegin und ich uns an die Arbeit. Als erster Preis für unsere Mühen winkte ein DaF-Seminar in Wien unter der Leitung einer der DaF-Koryphäen. Als zweiten Preis und damit als Trost für alle, die es nicht bis nach Wien schaffen würden, gab es ein nigelnagelneues iPad von Apple, was überhaupt nicht zu verachten war, denn in Wien war ich schon einmal gewesen, ein iPad besaß ich dagegen nicht. Wenn es folglich nicht zu Wien reichen sollte, dann wenigstens zum iPad, auch wenn ich zu dem Zeitpunkt noch gar nicht wusste, was damit anfangen.

Das Schicksal, in dem Falle das Auswahlkomitee meinte es nicht schlecht mit uns, und wir kamen in unserer Bewerbergruppe auf den 2. Platz!

Hey, iPad! Hier komm ich!

Das Seminar in Wien fand im August 2015 statt, die eigentliche Preisverleihung jedoch erst am 11. September 2015 im GI in Seoul. Es wurde ein richtig großes Event! Es gab lobende Worte, die Sieger stellten ihre Unterrichtsentwürfe vor, Urkunden und Preise wurden unter viel Beifall und Blitzlichtgewitter überreicht. Es hatte sich für uns alle also mehr als gelohnt!

Leider hatte in der Einladung, die ich zu der Zeremonie erhalten hatte, nicht gestanden, dass es ganz zum Schluss auch noch ein Buffet geben sollte. So hatte ich schon ein Ticket für die Rückfahrt von Seoul nach Cheongju und musste daher vorzeitig gehen, was irgendwie schon schade war, andererseits auch nicht, denn ich hatte einen Plan:

Ich wollte nämlich vor der Rückfahrt nach Cheongju die junge Dame mit dem iPad als Geschenk überraschen, die ich zu der Zeit – neudeutsch – datete. Sie arbeitete in einem der kleinen Läden im Express Bus Terminal in Seoul, den sie mit ihrer Mutter und ihrer jüngeren Schwester betrieb. Sie arbeitete fast jeden Tag dort. Immer, wenn ich nach Seoul kam, und in dieser Zeit kam ich sehr häufig nach Seoul, eilte ich vom Bus zu dem Laden, und wir setzten uns unter den Augen ihrer Mutter, die uns immer mit heiraten kam, in eine Ecke und turtelten.

Als ich am Preisverleihungstag bei dem kleinen Lädchen ankam, stand die Mutter an der Kasse. Ich zeigte ihr mit einem gewissen Stolz die zweisprachige Urkunde. Sie schaute sie sich lange und ausführlich an, und ich begann mich zu wundern, wo denn die junge Dame blieb, eilte sie doch sonst immer sofort herbei, wenn ich dem Lädchen meine Aufwartung machte. Schließlich gab mir die Mutter die Urkunde zurück, trat hinter der Kasse hervor und begann, auf mich einzureden. Dabei breitete sie die Arme aus wie ein Handballtorwart, der sein Tor verteidigte. Ohne allzu viel zu verstehen, verstand ich. Sie wollte nicht, dass ich näher kam. Sie wollte, dass ich ging.

Jetzt erst tat ich, was ich bis dahin nicht getan hatte: Ich warf einen Blick in die Ecke, wo bei meinen bisherigen Besuchen im Lädchen die junge Dame und ich gesessen hatten. Sie saß dort. Stocksteif mit dem Rücken an ein Regal gepresst, so dass ihr Kopf komplett hinter einem Gegenstand aus einem anderen Regal meinen Blicken entzogen war. Und dort, wo ich sonst zu finden war, saß jetzt ein junger Mann, den ich nicht kannte, mit einer Getränkedose in der Hand.

Ich machte keine Szene. Ich ging einfach.

Warum ich so gelassen blieb und das Ganze eher sportlich nahm? Vielleicht, weil ich eigentlich nichts anderes erwartet hatte. Vielleicht aber auch, weil die Gefühle für die junge Dame nicht so stark gewesen waren, wie ich gedacht hatte. Vielleicht aber auch, weil ich inzwischen ein Alter erreicht hatte, wo einen solche Dinge nicht mehr aus den Socken hauen. Oder vielleicht war es auch nur einfach so, dass ich in dieser Hinsicht schon viel, viel Dümmeres erlebt hatte.

Doch davon mal ganz abgesehen: Was war denn schon groß passiert? Nichts. Kein Unglück. Kein Drama. Kein Totschlag, Mord oder Amoklauf. Kein 11. September 1973. Kein 11. September 2001. Nur der 11. September 2015. Der Tag, an dem ich das erste Mal in meinem Leben einen Preis für etwas gewann. Und, hey, das iPad blieb sogar meins!

Nur, was jetzt damit anfangen?

Sabine Herrmann
Von Freud'schen Fehlleistungen und Neros Hühnern

Heitere Gelassenheit ist es bisweilen, die einen ergreift und tüchtig schmunzeln lässt, wenn man Vergangenes Revue passieren lässt. Das einen selbst vor Jahr und Tag regelmäßig zum Ärgern brachte. Doch der Reihe nach.

Als Vorstadtreporterin machte ich mich auch auf, um vor Ort zu recherchieren und zu reportieren. So ging es eines schönen Tages in die Ruhrauen, wo sich Peter Borgmanns Mapro-Lager befand. Molkerei-Produkte sollen immer schön frisch sein, deshalb machten sich jeden Tag Borgmann-Brummis auf den Weg. In entspannter Atmosphäre fand ein Gespräch statt, doch zu jedem Termin – so ein journalistisches Naturgesetz – gehört ein Foto. Um meinem Wunsch Nachdruck zu verleihen, hob ich meine Stimme an: »Ich will Quark!«, tönte es aus mir heraus. »Können Sie kriegen, können Sie kriegen«, kommentierte Borgmann meine Freud'sche Fehlleistung, die mich mehr als unter Normalmaß schrumpfen ließ.

Die Sache mit Neros Hühnern ist ein Ding für sich. Gereimte Überschriften – mein Redaktionsleiter liebte sie, am besten noch in lupenreiner Hexameter-Form. Und ich, die Pauschalistin, mochte sie so gar nicht. Dennoch verließ so mancher den Redaktionsleiter beglückender Reim den Schreibtisch. Kein Thema war uns fremd. Vom Hobbyschwimmer, der hurtig Richtung Bonn kraulte und so manches mehr. Den Vogel haben wir mit Sicherheit bei Alfred Kleis abgeschossen. Der Gymnasiallehrer kümmerte sich liebevoll und engagiert um eine Schülertruppe, mit der er Stücke einstudierte. Irgendwann stand der Klassiker »Nero« auf dem Programm. Plastisch, melodisch sollte es sein und zugehen: »Bei Nero, diesem großen Kaiser, da gackern sich die Hühner heiser« lautete dann die Überschrift. Kleis blieb bei der Zeitungslektüre das Morgenbrötchen förmlich im Mund stecken …

Sabine Herrmann. Geboren 6. Juni 1957 in Bochum; Studium der Geschichte und Germanistik an der Ruhr-Universität Bochum; Redakteurin beim Stadtpanorama Wattenscheid (in Bochum), beim Steeler Kurier (in Essen) und bei den Sonntagsnachrichten (in Castrop-Rauxel). Seit einigen Jahren in der Verwaltung tätig sowie freie Mitarbeiterin bei den Sonntagsnachrichten in Herne.

Herbert Knorr
Schitt häppens hoch drei!

Herbert Knorr. Der Autor und Literaturwissenschaftler ist seit 1994 Leiter des Westfälischen Literaturbüros in Unna e. V. und dort zuständig für Autoren- und Literaturförderung in und für NRW sowie für Entwicklung und Management zahlreicher Kulturprojekte. Seit 2002 einer der Festivalleiter der Krimi-Biennale *Mord am Hellweg*, des größten internationalen Krimifestivals Europas; seit 2011 Intendant des Netzwerkprojektes *literaturland westfalen*. Neben der Veröffentlichung von Sachbüchern, Satiren, Kurzkrimis und zahlreichen anderen publizistischen Arbeiten legte er 2003 gemeinsam mit Wolfgang Thiele das archäo-astronomische Sachbuch *Der Himmel ist unter uns* vor. Unter dem Pseudonym Chris Marten schrieb er zusammen mit Birgit Biehl die Thriller *Hydra* (2009) und *Todespfad* (2011). Im Januar 2015 erhielt er vom Literaturrat NRW den *Literaturtaler NRW* für herausragende Verdienste um die Förderung der Literaturlandschaft in Nordrhein-Westfalen. 2016 erscheint *Schitt häppens. Von Sereinmördern und Stehpinklern. Mord und Totschlach aussem Pott.* Herbert Knorr ist 1952 geboren und lebt und arbeitet im Ruhrgebiet. [www.herbert-knorr.de]

Ich bin die Martha, also die Martha Kowalski, die aus der kuschligen Zechensiedlung in Gelsenkirchen-Schalke. Und ich bin Witwe. Seit einem Jahr. Weil nämlich mein Oller da abgenippelt is. Wat jezz abba nich wirklich dumm gelaufen ist, weil – dat war abzusehen. Der Jupp war zwar nen Töften, abba halt auch nen Versoffenen. Ich sach nur Leberschaden, infolge von Alkoholabusus, wie dat der Onkel Doktor vonne Praxis neben der Zeche Consol, wo mein Oller mal unter Tage war, so hochtrabend erklärt hat. Äährlich, der Ernst war am Schluss so schwarzgelb wie die Zecken in Lüdenscheid-Nord zwanzig Killomäters weiter. Abba wat mich wirklich gestört hat: Fünfundvierzig Ehejahre hat der Ernst nich ein einziges Mal im Sitzen gepinkelt. Obwohl er vierundzwanzig Stunden geschwankt hat. Und ich musste immer die Fliesen schrubben und so …

Daher bin ich auch nich nich wirklich depri, nee, ich kam nur drauf, weil ich wegen meiner beziehungstechnischen I-so-la-ti-on, wie mein Großenkel dat immer so gestochen ausdrückt, durchaus jezz schomma nache Kerle schiele, ob et da auf meine alten Tage nich doch nomma ein gibbt, mit dem ich Streicheleinheiten austauschen kann – oder mich fetzen. Der Emma von nebenan hätt ich dat abba besser nich erzählt, die wollt mich doch sofort aufe Kur schicken, weil sich hinterm Schatten immer auch ma en Licht verbirgt. Verstehe dat, wer will. Ich nich. Äährlich, manchma is die Emma ne richtige Filosoffin.

Jedenfalls, permanent will die mich verkuppeln. Erst letzten Monat mit den Freddie, den mit dem Holzbein, den dat Büdchen anne Ecke gehört. Die Emma hat se doch nich alle! Der Freddie sucht doch nur ne hirnlos Dösige, die für ihn im Büdchen Stallwache hält, wenn er widda mit seinen Kumpels unterwegs ist. Abba ma ganz äährlich, wenn schon en Neuen, dann jezz ma auf jeden Fall en Sitzpinkler, nich?

Und danach suchte ich …

War gar nich so einfach.

Schließlich hab noch en letzten Versuch gestartet, mitten Däting über Internäät, wat mir natürlich auch mein Großenkel erklärt hat. Abba wat sach ich. Meine Dätes im Stadtcafé sind allesamt sofort widda abgedampft. Also, noch heute denk ich oft leidvoll drüber nach, ob dat mit dem Fotto aus meiner Jugendzeit als Trümmerfrau vielleicht doch en Fehler war.

Supie, Omma, hasset voll gekräscht, hat mein Enkel gesacht, denn der konnte auch meine Sprache. Und dann hatta noch wat von Schitt häppens gesacht. Hattich ma widda wat gelernt. Abba wer weiß, wofür et gut war … hat die Filosoffin Emma gemeint.

Aus Enttäuschung habbich nämmich sofort im schönen Zillertal en Winterurlaub gebucht – samt Eins-a-Skilehrer. Man gönnt sich ja sonst nix, und der Jupp wollt ja nie in Urlaub, immer nur anne Flasche. Also, jezz tu ich ihm Unrecht. Der Jupp war für sowat einfach nich zu haben, jedenfalls wenna nich gerade bei seine Tauben war, inne Kneipe oder im Stehen pinkelte, ging der ja immer nur zum Bergbauchor von seine dichtgemachte Zeche Glück auf, Glück auf singen.

Jedenfalls, im Zillertal blühte ich richtich auf. Und nach dem Kurs am vorletzten Tach traute ich mir echt den höchsten Berg alleine zu, so dreitausendvierhundert Meter hoch, aufen Hintertuxer Gletscher, als plötzlich mein Darm verrückt spielte. Die Zillertaler Kaasspätzle mittags mussten schlecht gewesen sein. Oder warn dat die

Abschiedsobstler mit dem flotten Skilehrer gewesen, den ich für mich Alte leider nich begeistern konnte? Abgesehen davon ma, der wär für mich sowieso nix gewesen, denn als ich ihn ma aus grundsätzliches Interesse gefragt hab, ob er im Sitzen oder im Stehen pinkelt, hat der mich vielleicht angeguckt. Als ob ich einen anner Waffel hätte. Da wusste ich Bescheid.

Egal, dat mit den Windungen im Unterleib wurde jedenfalls immer verkrampfter. Schitt häppens im wahrsten Sinne des Wortes sozusagen. Abba wat tun? Ich saß ja im Lift und musste höllisch aufpassen, nich durch den ziemlich klapprigen Sicherungsbügel, durch den, wie ich fand, kleine Menschen auch schomma durchrutschen können, wie ich als Witwe eines Obersteigers, der ma Sicherheitsbeauftragter war, natürlich sofort erkannte.

Ganz oben angekommen, war da nimma ein Plumpsklo. Nur die Lifthütte, hinter der man so ganz knapp unentdeckt bleiben konnte. Neben mir die Hüttenwand, auf der andern Seite der Abgrund, tausend Meter freier Fall! Wenn ich nich sowieso schon Schiss gehabt hätte ... Da et schnell gehen musste, quälte mich aus Ski- und langer Unterhose. Dat war vielleicht ne Erleichterung gewesen.

Dann hielt ich nach ner Toilettenrolle Ausschau. War abba en schwieriges Unterfangen anner Rückwand vonner Lifthütte. Mist, meine Wischwegrolle, die ich für solche und andere Fälle immer dabei habe, hatte ich natürlich inner Pension gelassen, denn wo sollt ich die beim Skifahren lassen? Ich kam dann in Ermangelung von andere Möglichkeiten, mich abzuputzen, auf die Idee, ne Handvoll Schnee zu ergreifen. War abba ne Schwachsinnsidee, wie ich Sekunden später begriff. Auf den blöden eisigen Grund, den ich nich berechnet hatte, rutschen mir die Ski weg. Ich versuchte natürlich sofort, die Ballanze widdazufinden, klar, abba stoppte dat Unterfangen sofort widda, da ich auf kein Fall mitten Hosenboden bremsen wollte, allein schon aus hygienische Gründe wär auch dat keine gute Idee gewesen. Abba wat tun?

Ich ließ meinem Sportgerät geradeaus freien Lauf. Aus zwei Gründen. Ersten hatte ich mein Testament noch nich gemacht, und zweitens wollt ich doch nich als älteste Skiflugweltmeisterin aus Gelsenkirchen-Schalke inne Annalen eingehen und tausende Meter den Abgrund heruntersegeln. Also blieb nur der haarscharfe Weg auf die reguläre Piste. Abba wie steuern mit runtergelassene Hosen zwischen die Knöchel? Et ging also nur geradeaus.

Während der zweitausend Meter Schussfahrt schloss ich erstens mit mein Leben ab und musste zweitens unwillkürlich an mein seligen Jupp denken, der immer gesungen hat: »Glück auf, Glück auf … wir tragen dat Leder vor dem Arsch bei der Nacht und saufen Schnaps und saufen Schnaps!« Et war abba kein Arschleder zur Hand, und mein Ärschlein gefror daher die zwei Kilometer runter zur Eisbombe. Und als ich dann endlich an so ein riesengroßen Hinkelstein brachial zum Stehen kam, waren nich nur meine Ski gebrochen. Auch ein Arm. Nur ein Arm. Glück im Unglück sozusagen.

Abba so schnell gibt eine Martha Kowalski nich auf.

Ich genoss statt die Pisten nun den herrlichen Sonnenwinter und ließ mich am letzten Tag von meine Zillertaler Auszeit mit Gipsarm, Sonnenbrille und bei son Latte bräunen. Und wer humpelte mir da so mit ein Gipsbein entgegen und fragte, ob er den Liegestuhl neben mir …? Genau, mein Traummann! Sozusagen aus Nix entsprungen. Die Filosoffin Emma hatte ma widda Recht gehabt.

Wat hat die noch immer gesacht? Genau! Die große Liebe kommt oder sie kommt nich, meistens kommt sie umme Ecke, wenne nich glaubs, dat sie kommt, abba dann musse bereit sein.

Ich war bereit! Zumal der Willi aussem Ruhrpott kam, und genau wie die Emma es gesacht hat, quasi bei mir umme Ecke drei Straßen weiter. Und der war auch ma Steiger gewesen. Und is seit ein Jahr Witwer. Da passte sozusagen alles. Dat war en Dingen. Jedenfalls, der Willi sah vielleicht gut aus für seine siebenundachtzig. Bissken gebrechlich zwar, wofür auch sein Gipsbein sprach, abba en Pfundskerl … So klapprig der war, da brauchte ich gar nich zu fragen, ob der im Stehen pinkelte … Der musste sich regelmäßig setzen.

Wir duzten uns schon vor dem ersten Obstler und sangen bald »Wir tragen dat Leder vor dem Arsch bei der Nacht und saufen Schnaps und saufen Schnaps!«. Höflichkeitshalber fragte ich zwischendurch ma, wat denn mit sein Bein passiert wär.

»Du wirset nich glauben«, meinte er.

Doch, doch, dich würd ich alles glauben, dachte ich damals, denn wat wollte der mir nach meiner schitt Erfahrung aufem Berg gestern noch erzählen …

Jedenfalls erfuhr ich, dat der Willi mit einem dieser gefährlichen Sessellifte den Berg raufgefahren war und wat gesehen hatte, wat ihn richtig erschüttert hatte und ans Herz gegangen war: ne Frau mit heruntergezogene Hosen aufen Arsch den Berg runterrutschend bei einer Geschwindigkeit, die den seligen Toni Sailer zur Ehre gereicht hätte – und mit ner Schleifspur. »Ich konnt mich nich mehr halten vor Lachen, ächt«, hat der Willi weiter erzählt, wo ich dann immer stiller wurde, weil den sein

Lachen ja auf meine Kosten ging. Abba plötzlich wurde der Willi ernst, ja, wütend sogar. »Durch dat Dauerlachen hab ich dann leider irgendwann dat Gleichgewicht verloren und bin aus diesen scheiß ungesicherten Sessel gerutscht, untern klapprigen Bügel durch, drei Meter tief. Wenn ich diese Olle erwische! Die kann wat erleben!«

»Wie kann man nur so blöd sein«, nickte ich schließlich. »Diese Olle müsste man massakrieren.«

»Wat is denn dir passiert?«, prostete er mir zustimmend zu und zeigte auf mein Arm. – Wat sollt ich nur sagen, wo mein neuen Schwarm doch die Olle, die ihm quasi verantwortlich dat Bein gebrochen hat, auf mein Vorschlag hin massakrieren wollte? Ich überlegte kurz, und in Erinnerung an mein Internäätdebbakkel entschloss ich mich, in Beziehungsfragen ab jezz absolut äährlich zu sein: »Äh, Willi, du wirst dat nich glauben, die, die beim Kacken auf Skiern die Ballanze verloren hat, die war ich. Bisse mir noch böse?« Ich lächelte ihn an. Et war dat schönste Lächeln, dat ich je aufgesetzt hab.

Er sah mich lange an und ich unsere Zukunft schwinden. Widda ma dumm gelaufen, dachte ich und malte mir aus, wie ich die letzten Lebensjahre einsam und verlassen in mein gemütlich Zechenhäuschen dat filosoffische Geplauder vonna Emma anhören müsste, um nich ganz der isolierten Alterseinsamkeit zu verfallen.

Doch da stand Willi plötzlich auf, stieß mit dem x-ten Obstler mit mir an und – küsste mich. »Wir Ruhris sind doch nich so. Wir stehen doch immer widda auf! Willze mich heiraten?«

Zurück im Ruhrpott, paar Tage später vorm Standesbeamten sitzend, musste die Emma, meine Trauzeugin, nomma kurzfristig entschuldigend zum Klo. Und beim

Stichwort Klo fiel et mir plötzlich wie Schuppen vonne Augen, dat ich in der Eufferie meines zukünftigen Altersglückes die ekszistänzielle Frage meines kommenden Lebens dem Willi ja noch gar nich gestellt hatte. Er war zwar klapprig, abba für sone ekszistänziälle Frage sollt man vielleicht doch vorher ne Klärung haben, bevor man sich ewig bindet. Ich flüsterte Willi daher ganz unverbindlich und so, als ob et mich nich wirklich interessieren würde, also eher so nebenbei, auch damit der Standesbeamte nich aufmerksam wurde, mein Problem zu, in der Hoffnung auf eine klare, mir genehme Antwort.

»Wat willst du wissen, nee, nich in echt, nee, bisse bescheuert? Ich pinkle, wie ich will!«

Aufen Flur begegnete ich die Emma, die mich wegen meine eilige Flucht mit große Augen ansah.

Ja, dat wars dann gewesen. Also mit den Willi.

Ich geb nämlich längst nich auf. Irgendwo in Gelsenkirchen-Schalke muss doch en Kerl rumlaufen, der sich auch mal auf die Schale setzt.

Langsam wird ich mich ma an den Freddie rantasten. So innem Büdchen ist ja immer Betrieb und lustig; wer weiß, wen man da so alles kennenlernt …

Schitt häppens, sowieso!

Maria Kaspari
Grande Dame

Es begab sich im Juli 1949, dass ein ›Salzburger Nockerl‹ die Stadt Duisburg kennenlernen durfte, eine Stadt, zerbombt, dreckig und mit rauchenden Schloten. Man konnte eigentlich nur unter den Tellerrand schauen und darauf hoffen, dass sich unser Duisburg ganz schnell wieder erholt! Und ich habe immer über den Tellerrand geschaut und beobachtet, wie sich unsere Stadt so positiv entwickelt hat, und immer wieder merkte ich in all den Jahren, die ich hier lebe, wie liebenswert, hilfsbereit und zusammenhaltend unsere Duisburger BürgerInnen doch sind. Gerade zum Thema Mercatorhalle. Mich hat es quasi innerlich gezwungen, zu diesem Thema ein paar Worte beizutragen, denn das CityPalais ist für mich ein Konsumtempel, in den ein Stück Halle mit dem Namen »Mercator« integriert ist. Das »Damals« – *La Grande Dame* – ist mit diesem Ersatz für mich in keiner Weise vergleichbar.

Hallo, meine Liebe,

als wäre es gestern gewesen, sehe ich Dich am 2. September 1962 in wundervoller Pracht in unserer Stadt erstrahlen: Du, unsere Mercatorhalle, die viele Duisburger liebgewonnen haben. Mit geschwollener Brust und voll Stolz standen deine Initiatoren – Alt-OB August Seeling und sein Team – vor Dir. Alles, was an Honoritäten und VIPs aufzubieten war, erschien an diesem zweiten Septembertag 1962. Ach ja, und wir Duisburger Bürger natürlich auch!

Das will ich Dir aber mal sagen, Du warst für uns Duisburger das Wahrzeichen eines Ambientes, das zu dieser Zeit nicht mehr zu überbieten war. Ich erinnere mich: Schicke, elegante Kleidung war das Nonplusultra zum Einlass für Konzerte, das Abendkleid und der Smoking für Bälle, der Zwirn für alle Fälle war nicht gestattet!

Und weißt Du noch, wie wir am 10. November 1986 das Riesenbenefizkonzert für einen sozialen Zweck durchgeführt haben? Alles, was Rang und Namen hatte, war bei Dir an diesem Abend zu Gast: Künstler, Politiker und solche, die es noch werden wollten. Die Duisburger Symphoniker haben unter der Leitung des Dirigenten Hiroshi Kodama gespielt, Frank-Peter Zimmermann und viele berühmte Sängerinnen und Sänger – sogar drei bekannte Sänger der MET! – haben sich für den guten Zweck unentgeltlich eingesetzt mit dem Erfolg, dass 25 000 DM eingespielt wurden, die ohne Abzüge an die Kindernothilfe – eine der ältesten Kinderhilfswerke überhaupt und in Duisburg zuhause - weitergeleitet wurden.

Ach, Grande Dame, Du warst an diesem Tag in ein Blumenmeer eingehüllt und bis auf den letzten Platz besetzt mit Menschen, die ein großes Herz für notleidende

Kinder in der Dritten Welt hatten. Und man hat Deinen Stolz gespürt, als die Moderatorin dieses für mich so unvergesslichen Abends (ich hatte ja diese Veranstaltung ins Leben gerufen!) Elfi von Kalckreuth, erwähnte, wie sehr wir Duisburger auf unser kostbares Kleinod, nämlich Dich, stolz sein können.

Und erinnerst Du Dich noch, dass die Stadt Duisburg und Dein Verwalter, der so sympathische Herr Philipp, auf alle Kosten verzichtet haben?

Und kannst Du Dich noch an die Familie Soltisek erinnern, die Dein Restaurant bewirtet hat. First Class!

Und dann, was kam dann?

Quel malheur!

Auf einmal hast Du ausgedient, weil Schäden festgestellt wurden, die nicht mehr die Sicherheit Deiner Gäste gewährleisten konnten. Du musst am 17. Januar 2005, am Tage Deines Abbruchs, bittere Tränen geweint haben, wie so viele Deiner Freunde, die hilflos dieses Geschehnis live erleben mussten.

Und heute, was steht da an Deinem Platz?

Ein Neubauprojekt mit dem Namen CityPalais und der dort integrierten Mercatorhalle. Du bist bestimmt neugierig, ob sie eine würdige Nachfolgerin für Dich ist?!

Grande Dame, nein!

Seit August 2012 tut sich da nix mehr, denn Brandschutzmängel sind entdeckt worden und voraussichtlich sollen die Renovierungsarbeiten bis Ende August 2016 dauern. Dann soll eröffnet werden, und unsere Duisburger Philharmoniker sollen dann wieder ein neues Zuhause haben. Deine Nachfolgerin wird weiterhin Deinen Namen tragen und hoffentlich dann wieder im vollen Glanze erstrahlen. Und, das weißt Du noch nicht: Auch eine Eule wird dann in den neuen Räumen wohnen, nämlich die Konzertorgel der Firma Eule, ein wundervolles Instrument, das Gänsehautgefühle auslösen kann.

Liebe Grande Dame,
mit Dir ein Zwiegespräch zu führen, ist gar nicht so einfach. Es ist so vieles in Vergessenheit geraten und so dumm gelaufen anne Ruhr.

Aber nun schauen wir Duisburger in Deiner Angelegenheit wieder nach vorne und freuen uns, wenn Du Ende August 2016 wieder im vollen Glanze für uns erstrahlst. Denn glänzende Strahlen über unsere Region hinaus kann Duisburg gut gebrauchen!

In Gedanken an die vergangene Zeit und die damit verbundenen Geschehnisse habe ich diese Zeilen niedergeschrieben.

Deine Maria

Inge Meyer-Dietrich
Geschliffen scharf

Inge Meyer-Dietrich, seit 1986 freie Autorin, hat über 30 Bücher veröffentlicht, überwiegend für junge Leser. Zahlreiche Auszeichnungen im In- und Ausland, u. a. der Literaturpreis Ruhr für das Gesamtwerk. Zusammen mit Anja Kiel verfasste sie den Fantasyroman *Die Hüter des Schwarzen Goldes.* In ihrem Roman *Plascha – Von kleinen Leuten und großen Träumen* schildert sie das Leben einer Bergarbeiterfamilie im Ruhrgebiet in den Jahren 1917 bis 1919. Ihr Roman *Leben und Träume der Mimi H.* erscheint 2016. Die Autorin lebt mit ihrem Mann in Gelsenkirchen; die drei Kinder sind erwachsen; beide Töchter ebenfalls schriftstellerisch tätig. [www.ingemeyerdietrich.de]

Dunkle Wolken zogen über den Himmel und ließen Regenschauer auf die Erde prasseln. Es stürmte. Usselig, nennen wir im Ruhrpott so ein Wetter. Genau richtig, um Gewürzplätzchen zu backen.

In der Küche war es gemütlich warm. Ich zog das erste Blech mit duftenden Plätzchen aus dem Backofen und schob das zweite hinein. Es roch nach Nelken, Zimt und Muskatblüten. Gerade, als ich für Janne und Philipp Kakao und mir einen Cappuccino gemacht hatte, klingelte es. Ich lief zur Tür, um zu öffnen. Und da stand dieser Mann und stellte sich vor als Hans, der Scherenschleifer.

Scherenschleifer. Das klang wie ein Märchenwort aus den alten Zeiten, als das Wünschen noch geholfen hat. Klang nach vielen Kindern, wenig zu essen und immer unterwegs sein müssen, bei Wind und Wetter, so wie heute.

»Bestimmt haben Sie Scheren oder Messer zu schleifen?«, fragte Hans erwartungsvoll.

»Eigentlich nicht«, sagte ich zögernd. Hörte meine innere Stimme warnen *Keine Haustürgeschäfte, nie wieder … Schau ihn dir doch an …*, flüsterte ich im Stillen zurück, *ganz durchgefroren, der arme Kerl, und es regnet in Strömen.*

Er stand schon mit einem Fuß in der Wohnung, und ich brachte es nicht fertig, ihn wegzuschicken. Sicher, er hätte die Schuhe an der Fußmatte abstreifen können. Aber wir im Pott sind doch nicht pingelig.

»Hm, das duftet.« Sein Blick streifte die Plätzchen und meinen Cappuccino.

»Möchten Sie auch?«, fragte ich.

»Gerne.« Er rieb sich die kalten Hände.

Wenn er den Cappuccino getrunken hat, muss er gehen, beschloss ich. Während der Kaffee in die Tasse tropfte und der heiße, cremige Milchschaum sich darüber verteilte, erinnerte ich mich an das Zeitschriften-Abo, das ich fast nicht wieder losgeworden wäre. Und an die Kiste Äpfel aus dem Alten Land. Wochenlang sollten sie frisch und knackig bleiben. Doch nach wenigen Tagen begannen sie vor sich hin zu faulen. Und dann noch der falsche Arbeiter-Samariter, der für die Unfallrettung mit Helikoptern unsere Bankdaten … *Keine Haustürgeschäfte!*

Hans saß schon am Tisch und bedankte sich, als ich den Cappuccino und ein paar Plätzchen vor ihn hinstellte. »Köstlich.«

Ich sagte noch nichts, wollte ihm die Freude nicht verderben.

Er rieb sich einen Krümel vom Kinn und sah mich eindringlich an. »Sie haben wirklich keine stumpfen Messer, Küchen- oder Gartenscheren, die einen ordentlichen Schliff gebrauchen könnten?«

Da fiel mir die Schere ein, die mein Mann in seinem Schreibtisch aufbewahrte. Eine schöne alte Papierschere, aber nicht mehr ganz scharf. Ich stellte mir vor, wie mein Mann sich freuen würde über die gut geschliffene Schere, eine Schere wie neu. Er müsste sowieso bald zu Hause sein.

»Jetzt haben Sie lange nachgedacht.« Hans lachte. »Und wenn ich mich nicht täusche, haben Sie doch Arbeit für mich.«

Ich nickte langsam. »Mein Mann hat eine schöne alte Papierschere …«

»Sehen Sie.« Er lachte noch breiter.

»Was soll das denn kosten?«, fragte ich.

»Zehn Euro. Kriegen Sie nirgends billiger. Und müssen dafür nicht mal vor die Tür.« Er zeigte zum Fenster, an dem die Regentropfen nur so herunterrannen.

Vorsichtshalber schaute ich in meinem Portmonee nach. Zehn Euro hatte ich passend. Ich legte den Schein auf den Tisch und holte die Schere.

»Ein gutes Stück. Ihr Mann hat Sinn für Qualität.« Hans fuhr vorsichtig mit dem Daumen über die Klingen. »Geschliffen scharf sind sie nicht. Ihr Mann wird über den Unterschied staunen.«

Mit raschen Bewegungen packte Hans einen Schleifstein aus und ein Bänkchen, auf das er den Stein legte.

Janne und Philipp guckten mit großen Augen zu. Mir gefiel der Gedanke, dass sie ihren Kindern und Enkeln noch erzählen könnten, einen echten Scherenschleifer erlebt zu haben, wo jetzt so viele Berufe vom Aussterben bedroht sind. Scherenschleifer sicher auch.

»Gut, dass es noch Menschen gibt wie Sie, die nicht gleich alles in den Müll werfen, was nicht mehr ganz neu ist.« Hans sprach mir aus der Seele.

Geschickt zog er die Scherenklingen eine nach der anderen über den Schleifstein.

Ich hörte das gleichmäßige Geräusch. Es endete abrupt. Ich schluckte.

Die Kinder machten noch größere Augen.

Die schöne Schere war in zwei Einzelteile zerbrochen.

»Doch keine so gute Qualität. Aber das haben wir gleich.« Hans versuchte an der Schraube zu drehen, mit der die Klingen verbunden gewesen waren. »Haben Sie eine Zange?«

Zum Glück stand der Werkzeugkasten noch neben dem Küchenschrank, weil ich am Morgen Kinderbilder aufgehängt hatte. Ich gab Hans die beiden Zangen, die von der Größe her infrage kamen. *Haustürgeschäfte. Nie wieder …*

Janne schnüffelte.

Philipp sagte: »Du, Mama …«

Und ich roch es auch. Nicht mehr nach Nelken, Zimt und Muskatblüten. Ich stürzte zum Backofen, öffnete die Tür, schnappte mir Topflappen, zog hastig das Blech heraus und verbrannte mir dabei Daumen und Zeigefinger der rechten Hand.

»Unter kaltes Wasser halten«, riet Hans.

»Weiß ich.« Das hatte mir meine Mutter beigebracht.

»Die Schraube taugt nichts mehr«, sagte Hans, während ich Wasser über meine Finger laufen ließ. »Ich hole eine neue aus dem Auto. Wär doch gelacht, wenn ich die Schere nicht wieder hinkriegte.« Schon war er aus der Tür.

Ich drehte den Wasserhahn ab. Sah mich in der Küche um. Neben dem Herd ein Blech mit halb verbrannten Plätzchen, auf dem Tisch die kaputte Schere, leere Tassen und Teller. Schleifstein und Bänkchen samt Geldschein und Zangen waren verschwunden.

Nur die Fußabdrücke erinnerten an Hans.

Ich hörte, wie die Kinder nebenan Scherenschleifer spielten. Vielleicht würden sie diesen Beruf doch im Gedächtnis behalten.

»Was ist denn hier passiert?«, fragte mein Mann, der gerade nach Hause kam.

Ich war nahe daran zu heulen. Beichtete meinen Reinfall. Meine Finger schmerzten immer noch.

»Ich glaub, ich hab den Typen gesehen. Er hatte es verdammt eilig.« Mein Mann nahm mich in den Arm. »Haustürgeschäfte, na ja. Aber Scherenschleifer«, er lachte, »klingt das nicht wie ein Märchenwort aus den alten Zeiten, als das Wünschen noch geholfen hat?«

Hubertus A. Janssen
Halde Hilde

Halde war ich, Halde bin ich,
Tafel – oder Kegelschütt.
Künstlich aufgeschippter Hügel,
Halde Hilde ist kein Pütt.

Halde war ich, Hilde bin ich,
Kippe auch auf Bergmanns Land.
Haldenkörper aufgehildet,
halte ich als Hilde stand.

Halde war ich, Halde bin ich,
Berge, Abraum, Taubgestein.
Halde Hilde, ohne Kohle,
will nur immer Halde sein.

Elke Schleich
Auf der Halde

Elke Schleich. Geboren 1953 in Gelsenkirchen. Pferde und das geschriebene Wort – beides faszinierte sie schon als Kind. Heute lebt sie mit Ehemann und Katze am grünen Rand des Ruhrgebiets, in Westerholt, ganz in der Nähe eines Reiterhofes, den sie nach langer aktiver Zeit im Sattel immer noch täglich besucht. Schriftstellerische Tätigkeit seit den 70er Jahren. 1988 der Roman *Komm zurück, Ameli*; Co-Herausgeberin der Titel *Sugar Baby Love*, 2006, und *Yeahsterday*, 2007. Im Jahre 2012 *Gummitwist in Schalke-Nord – ein Roman in 18 Geschichten*; 2014 als E-Book-Serie *Ein Lied für dich*; zahlreiche Kurzgeschichten in Anthologien und Illustrierten. 2016 der Roman *Wir haben alles hingekriegt.*
[www. www.dreamteam-schleich-dittmann.de]

Diese Treppe – wie lange ist es wohl her, seit ich sie zuletzt hinaufgestiegen bin? Ich bleibe kurz an der untersten Stufe stehen und schaue hoch. Geradewegs in den blauen Himmel führt sie. Tritt um Tritt. Stufe um Stufe. Was will ich eigentlich da oben?

Ich weiß es auch dann nicht, als ich auf einem der beiden Gipfel der Rungenberghalde angekommen bin und mich auf das Fundament des großen Scheinwerfers setze. Mein Puls schlägt schneller. So leichtfüßig wie früher spurtet es sich nicht mehr herauf. Aber die Sicht ist noch genauso genial wie damals, als ich in meiner Kindheit und später als Teenager fast täglich hier oben war. Unsere Siedlung liegt mir zu Füßen; der Turm der Zeche Hugo hebt sich weiß hervor, und drüben die Arena … Ihr Anblick schmerzt. Ich schaue weg.

Samstagnachmittag – wie irre, dass ich allein auf der Halde sitze und nicht neben Rüdiger! Ich kann es immer noch nicht richtig begreifen. Und das, obwohl ich ständig dieses Bild vor Augen habe, dieses ekelhafte. Die beiden nackten Leiber, verschlungen ineinander. Seinen breiten Rücken und den weißen Hintern sah ich zuerst. Was macht er da? Das dachte ich wirklich. Und dann das erschrockene Gesicht der Frau, ihr hoher, spitzer Schrei. Wie ich aus der Wohnung gekommen bin, und wo ich überall danach in der Stadt herumgerannt bin – keine Ahnung.

Ich nehme ein Steinchen vom Boden auf und schmeiße es mit aller Kraft gegen die eiserne Einfassung des Scheinwerfers. Dieser Mistkerl! Wie lange trieb er es schon mit der? Wäre nicht mein Lehrgang in Köln kurzfristig abgesagt worden, wer weiß, wann ich es erst gemerkt hätte.

Ein weiteres Steinchen knallt gegen Eisen. Wuttränen brennen in meinen Augen, verschleiern den Blick auf das

Grün rundherum, auf die Häuser von Buer, von Horst, von der Schüngelbergsiedlung, auf die Arena … Wieder ein Jahr in den Sand gesetzt. Ein Jahr an den Richtigen geglaubt, falsch geliebt. Immer dasselbe. Wie alt soll ich eigentlich noch werden …?

Zwei Jungen mit Mountainbikes fahren in rasantem Tempo den Weg unterhalb von mir entlang. Ich muss an Christine denken und an unsere gemeinsamen Fahrradtouren mit Übernachtung in Jugendherbergen. Sie ist längst verheiratet, wahrscheinlich mit dem Richtigen, und wir haben seit Jahren keinen Kontakt mehr. Mutti erzählte heute, dass sie oft ihre Eltern hier besucht.

Mein Handy meldet sich mit der Melodie »Blau und Weiß, wie lieb ich dich« und streut eine Prise Salz in die Wunde. Ich krame in meiner Umhängetasche.

Rüdiger. Nein, ich kann nicht mit ihm reden, drücke ihn weg. Wann soll ich nur meine Sachen aus der Wohnung holen? Nie mehr will ich ihn wiedersehen!

Ich blinzele, damit der Schleier weggeht. Es hilft, die Welt wird wieder klarer. Nun kommt jemand zu Fuß den Weg herauf, den die Jungens mit den Rädern vorhin als Rennstrecke benutzten. Eine große Frau, und vor ihr läuft ein Kalb. Wie sie geht, dieses seltsam Legere, fast Schlaksige, kommt mir bekannt vor. Es beschäftigt mich, lenkt mich ab von meinem Schmerz. Sie nähert sich, alles wird deutlicher, das Kalb zu einem riesigen Hund und die Frau … zu Christine! Ein Freudenstich in meinem Inneren. Ist es Zufall, ausgerechnet heute, jetzt?

Wenige Minuten später weiß ich es. Sie hat »Hallo, Nicki« gesagt und sich zu mir gesetzt. Der Hund heißt Nero und ist eine Dogge. Ich betrachte ihn mit Respekt, aber er macht artig Platz, wie ihm Christine befohlen hat.

»Mensch, du, ich hab's kaum glauben können, als ich hörte, du bist wieder da.«

»Notgedrungen«, sage ich.

»Meine Ma hat mir gleich alles erzählt, und als sie dann noch erwähnte, dass sie dich hat hochgehen sehen, bin ich sofort los.«

Sie lächelt breit mit ihrem großen Mund. An Christine ist alles groß: Der Mund, die Augen, das Herz.

»Weißt du noch, wann wir zuletzt hier saßen?«, fragt sie.

Ich nicke. »Als Heribert Schluss mit mir gemacht hat. Du hast mir meine Lieblingslakritze gekauft und mich getröstet.«

»Kurz darauf hab ich mein Auslandssemester in Kanada angetreten.«

»Und danach haben wir uns nur noch selten getroffen.«

Wir seufzen beide gleichzeitig und müssen lachen.

Unsere Blicke gehen in die gleiche Richtung: zur Arena auf Schalke. »Da wär ich jetzt eigentlich«, sage ich.

Christine guckt mich erstaunt an. »Du? Auf Schalke?«

»Hab 'ne Dauerkarte.«

Und dann erzähle ich. Wie ich mit Rüdiger, dem Hardcorefan, zu jedem Heimspiel bin. Mit Fahne, Mütze und Schal. Und wie ich bei den Auswärtsspielen mit ihm vor dem Fernseher gesessen habe, auch mit Schal und Mütze – allerdings ohne Fahne.

Christines Gesicht ist eine einzige Verwunderung. »Echt? Du? Du hast doch früher Fußball gehasst.«

Ich winke ab. »Früher … In der Bettwäsche in Blau-Weiß mit dem Emblem hab ich mit ihm geschlafen.«

»Ich glaub es nicht. Das ist wahre Liebe.«

»War, Christine, war!« Ich deute zu Nero, der vor uns liegt. »Kann man den anfassen?«

»Sicher. Er ist ein Schoßhund im falschen Körper.«

Stille zwischen uns, während ich Nero hinter den Ohren kraule und er mich dabei anhimmelt. Es tut gut.

»Sag mal«, fragt Christine nach einer Weile, »die Dauerkarte brauchst du jetzt ja nicht mehr, oder? Kann ich die nicht haben, für meinen Papa? Der hat übermorgen Geburtstag und würd sich en Loch innen Bauch freuen. Ich bezahl sie natürlich.«

Ich schaue sie kurz an, schaue erneut auf die Arena. »Klar, kannst du haben.«

»Super!«

»Aber ich hab da noch etwas anderes.«

Wieder wühle ich in meiner Umhängetasche, finde, was ich suche. »Hier, die wollte ich versuchen zurückzugeben.«

Christine nimmt den Briefumschlag, zieht den Gutschein heraus. Den für ein Romantik-Wochenende im Wellnesshotel Seeblick.

»Hat er mir vor zwei Wochen geschenkt. Nach der Saison, Schatz, hat er gesagt, da machen wir es uns richtig schön da. Der Schuft!«

Christine legt mir einen Arm um die Schulter.

»Ich wollte fragen, ob die mir im Reisebüro das Geld dafür zurückgeben. Aber jetzt weiß ich was Besseres.«

Sie blickt mir fragend in die Augen.

»Umbuchen!«

»Umbuchen?«

»Fahrradtour anne Ruhr entlang. Wir beide?«

»Du meinst wie früher?«

»Wie früher!«

Wir strahlen uns an.

»Ich hab auch noch was.« Christine öffnet ihren Rucksack und holt zwei Piccolo heraus. »Sollte zum Trösten sein, aber jetzt stoßen wir auf was an.« Sie zwinkert. »Mit Schraubverschluss.«

Wir klicken die Fläschchen aneinander. »Auf unseren Fahrradurlaub!«

»Und darauf, dass wir uns wiedergefunden haben!«, sagt Christine und lächelt breit.

»Jau!«

Nach ein paar Schlucken kribbelt es aufregend im Magen. Ich nehme Neros Beschmusung wieder auf. Mein Blick schweift dabei erneut zur Arena, und ich fühle diese Unruhe in mir.

»Wie spät ist es?«

»Viertel nach fünf«, sagt Christine.

»Dann ist es zu Ende!«

Sie schaut mich verständnislos an. »Was?«

Ich lache verlegen, wische auf meinem Smartphone herum. »Einen Moment.« Dann hab ich es. »Zwei zu eins gewonnen. Hach, jetzt sind sie auf Platz 3!«

In Christines Augen immer noch Nichtverstehen.

»Jetzt weiß ich, wie richtig es war, Rüdigers Dauerkarte einzustecken, als ich aus der Wohnung rannte. Die lag da einfach so auf der Garderobe.«

»Einfach so …«, wiederholt Christine und zieht die Augenbrauen hoch.

»Du, übernächsten Samstag gegen Wolfsburg, mit deinem Papa neben mir, das wird super!« Ich greife zu meiner Piccolo, grinse sie an. »Prösterchen, auf Schalke!«

Sascha Pranschke
Weggeputzt

Sascha Pranschke, Jahrgang 1974, Dipl.-Kulturwissenschaftler, arbeitete als Journalist und Texter, leitete das Junge Literaturhaus Köln und lebt heute als Schriftsteller und Dozent für Kreatives Schreiben in Dortmund. Bisher erschienen von ihm die Romane *Veits Tanz* (2007), *Den Regen lieben* (2009) und *Kölner Kulissen* (2013). [www.pranschke-schreibt.com]

Von Anfang an hat Mike gesagt, das geht nicht lange gut mit meinem neuen Job. Weil das ein anderer Menschenschlag ist als wir, diese Kulturfritzen. Hat Mike gesagt. Ich wüsste doch gar nicht, was die Sachen da im Museum zu bedeuten hätten. Na und, hab ich gesagt, bei Hoesch hab ich auch nicht gewusst, was die mit den Maschinen gemacht haben, um die ich herumgeputzt hab. Ich muss da doch nur den Boden wischen, hab ich gesagt. Ich soll schließlich keinen Vortrag halten über die Kunstwerke. Na, das fehlte gerade noch, hat Mike gesagt. Ich könnte ja nicht mal van Gouda von den Expressionisten unterscheiden. Solange ich expressmäßig staubsauge, muss ich das auch nicht können, hab ich geantwortet. Und dass er sich bloß nichts drauf einbilden soll, was sie ihm in der Volkshochschule eintrichtern.

Mike tut jetzt nämlich was für seine Bildung. Seitdem bei Nokia in Bochum die Schotten dicht sind, hat er ja Zeit dafür. Meinetwegen soll er sich ruhig bilden. Ist mir auf jeden Fall lieber, als wenn er den ganzen Tag ins Sofa furzt. Aber das ist noch lange kein Grund sich aufzuspielen. Schließlich bringe ich alleine jetzt das Geld nach Hause. Wenn es andersrum wäre und ich die Zeit hätte, würde ich vielleicht auch mal 'n Buch lesen oder so. Aber solange er seine Kurse von meinem Geld bezahlt, soll er sich mal nicht drüber beschweren, dass ich mich nicht für irgendwelche Holländer mit Ohrenscherzen interessiere. Oder hatte der Zahnschmerzen? Weiß nicht mehr genau, einen Kopfverband hatte der jedenfalls auf dem Bild, das Mike mir gezeigt hat. Als Postkarte.

Aber von dem Holländer hängen im Museum keine Bilder. Schade eigentlich, seine Postkarten sind gar nicht übel. Wäre auch viel einfacher, wenn ich nur Bilderrahmen abstauben müsste. Da gäb's keine Diskussionen. Dann wäre Kunst, was im Rahmen an der Wand hängt. Aber das reicht den Herrschaften heutzutage wohl nicht mehr. Anscheinend kann heute alles Kunst sein. Auch eine Scheibe Wurst. Im Ernst, die haben eine Scheibe Plockwurst im Rahmen! Sogar Mike wollte das zuerst nicht glauben. Aber in der Museumsnacht hab ich sie ihm gezeigt, die Plockwurst. Das ist eben der Unterschied, hat Mike gesagt: Wenn du 'ne Scheibe Wurst abschneidest, wird daraus höchstens ein Wurstbrot. Aber wenn ein Künstler dieselbe Scheibe Wurst an die Wand hängt, dann wird daraus ein Kunstwerk. Tja, ich bin nur froh, dass die Wurst hinter Glas ist, die schimmelt nämlich längst.

Aber, wie gesagt, nicht alles, was Kunst ist, hängt im Museum an der Wand. Manches steht auch einfach im Weg rum. Teilweise in Vitrinen, und das ist auch gut so, dann weiß jeder Bescheid. Und Vitrinen sind leicht zu putzen. Aber manches steht auch ungeschützt herum. Und solange das irgendwelche Statuen sind, hab ich auch nichts dagegen. Ich meine, wenn da so ein nackter Grieche aus weißem Marmor steht – die Nackten in den Museen sind normalerweise Griechen, hat Mike gesagt – also, den würde ich natürlich abstauben. Aber sonst würde ich schön meine Finger davon lassen.

Nur stehen bei uns im Museum keine nackten Griechen. Und genau das ist eigentlich das Problem: Vieles sieht gar nicht museumsmäßig aus, weder die Kunstwerke noch das Museum selbst. Ich meine, bis die Union Mitte der Neunziger nach Lütgendortmund gezogen ist, hat mein Vater da Bier gebraut. Heute sieht der Turm zwar längst nicht mehr wie eine Brauerei aus, aber eben auch nicht wie ein Museum. Jedenfalls nicht so, wie ich mir ein Museum vorstelle. Und ganz ehrlich, die Kunst sieht auch nicht aus, wie ich mir Kunst vorstelle. Mike sagt, das liegt nur an meinen Sehgewohnheiten. Von wegen Sehgewohnheiten, hab ich geantwortet! Wenn ich Dreck sehe, bin ich gewohnt, ihn wegzuputzen. Das sollte eigentlich die einzige Sehgewohnheit sein, die in meinem Job zählt. Und das war auch immer für alle in Ordnung.

Deshalb soll mir jetzt bloß keiner erzählen, ich hätte meinen Job nicht gut gemacht. Ich war immer gründlich, ja, gründlicher als andere. Das lass ich mir doch jetzt nicht vorwerfen! Jedenfalls, wenn ich einen schmutzigen Bottich sehe, dann schrubbe ich den solange aus, bis er sauber ist. Sonst heißt es am nächsten Tag noch, da hast du gestern aber schlampig gearbeitet. Klar wusste ich, dass der olle Kübel zum Kunstwerk gehört. Deshalb hab ich ihn ja sauber gemacht. Und nicht zu unseren Putzeimern gestellt. Ich meine, Mike sagt auch, Kunst muss man respektieren. Wie kann ich meinen Respekt denn bitteschön besser zeigen? Ich bin Putzfrau. Was ich respektiere, das mache ich sauber. Und zwar gründlich.

Die vom Museum sagen, das Kunstwerk wäre jetzt zerstört. Achthunderttausend Euro Versicherungsschaden. Tja, da können sie doch froh sein, hab ich zu Mike gesagt, dass sie versichert sind. Es wird sich doch jemand finden, der für so viel Geld den Eimer wieder dreckig macht! Den Dreck könnte ich kostenlos zur Verfügung stellen. Aber Mike hat gesagt, das ist so wie mit der Plockwurst: Wenn ich einen Eimer dreckig mache, ist das noch lange keine Kunst. Ich will auch nichts dreckig machen, hab ich gesagt. Im Gegenteil, ich will saubermachen, denn eigentlich mache ich meinen Job ganz gerne. Deshalb lass ich mich von der Geschichte auch nicht aus der Ruhe bringen.

Kündigen können sie mir deswegen nämlich nicht. Das wäre ja noch schöner, gefeuert wegen Gründlichkeit! Nix da, ich mach so weiter wie bisher, nur um die Kunstwerke mach ich 'n Bogen.

So gefällst du mir, hat Mike da gesagt. Und ich dachte schon, er nimmt mich jetzt einfach mal in den Arm. Aber stattdessen hat er wieder angefangen von alten Griechen zu reden. Er meint, ich wäre wie dieser Kerl, Syphilis, der jeden Tag einen Stein einen Hügel hochrollt. Nur damit der Stein dann wieder runterrollt und er von vorne anfangen kann. Mike meint, das wäre gar nicht verkehrt, wenn man erst mal gelernt hat, sich nicht drüber zu ärgern, dass der Stein sowieso immer wieder runterrollt.

Das hört sich vielleicht erst mal bescheuert an. Aber ich verstehe, was er meint.

Vom Ruhrgebietsladen
Friedrich von der Höh
im Gespräch mit Werner Boschmann

Es gibt keinen Ort mit so viel Ruhrgebiet wie den Ruhrgebietsladen. Wer sind die Menschen hinter der Ladentheke?
Wir, die »vier Säulen des Ruhrgebietladens« – meine Frau, meine beiden Söhne und ich, wir stammen alle aus Mülheim an der Ruhr. In unserem »ersten Leben« haben wir ganz normale Berufe erlernt, um dann festzustellen, dass die nicht unsere ›Berufung‹ sind. Dies hat sich ganz besonders deutlich herausgestellt, seit wir in Mülheim, auf dem Beekmanns Hof, den Ruhrgebietsladen gemeinsam betreiben und mit Leben füllen. Dass ›Wachstum‹ in diesem Gebäude gut gelingen könnte, zeigte schon die Vornutzung: Hier waren zunächst ein Bauernhof, der »Beekmanns Hof«, und danach eine Gärtnerei untergebracht.

Und woher kam die Idee, in eurem Laden nix als Ruhrgebiet zu verkaufen?
2009 hat uns Kulturmanager Guido Röcken gefragt, ob wir das Projekt »Designkiosk-Ruhr2010« logistisch betreuen wollen. Auch im Internet sollten die Artikel zur »Kulturhauptstadt« zu bestellen sein; es müsste eine Seite erstellt und an unseren Shop angebunden werden. Unsere Antwort: Jau, dat machen wir! Ein Vertreter aus dem Buchhandel hat uns angesprochen, ob wir das denn nicht mit ganz vielen »Ruhrpottartikeln« machen wollten? Und zack – war die Idee da, damals noch unter dem Namen »DHLOG-Shop alles aus einer Hand«. Die Nische »Souvenirs aus dem Ruhrgebiet« war entdeckt, und wir dachten uns: Dat isset, da kannze doch wat draus machen.

Und alles rennt euch die Bude ein? Ruhrgebietsladen – eine einzige große Erfolgsgeschichte?
Gemach! Gemach! Wir haben uns Lieferanten und Hersteller gesucht, die uns die Souvenirs liefern könnten, und dann haben wir ordentlich eingekauft. Das Ruhrgebiet hat schließlich genug Einwohner und Freunde … Der Vertreter hat uns ebenfalls mit Artikeln versorgt und wollte uns im Buchhandel anpreisen. »Wartet mal, wenn meine Reisezeit kommt – da könnter die Bestellungen alle gar nich bearbeiten, so viele schick ich euch, Hauptsache, ihr habt genug Ware«, hör ich ihn noch sagen … Also ran anne Buletten und jede Menge Ware einkauft, Lagerplatz haben wir ja. Auf 1600 Quadratmetern kann man ne Menge unterbringen. Bald war das ganze Lager proppenvoll mit »Ruhr2010«-Klamotten, T-Shirts, Magneten, Kunst, Klümmkes, Postkarten, Curry-Sauce, Büchern und jede Menge anderem Gedöns … aber es kamen nur wenige Bestellungen. Der Vertreter ›verteilte‹ seine Bestellungen nämlich geschickt auf alle seine anderen Lieferanten und uns; wer am meisten meckerte, bekam was ab, und er kriegte schließlich von allen ne Provision.

Die Hütte voll mit Ladenhütern. Was habt ihr gemacht?
Da uns der Vertreter »Rückgaberecht« eingeräumt hatte, waren wir der Meinung: Alles nicht so schlimm – wir können ja zurückgeben. Als wir dies dann Ende 2010 tun wollten, teilten uns die Lieferanten mit, dass eine Rückgabe nicht möglich sei. Ware für 30 000 Euro, kein Rückgaberecht, also eigentlich Pleite, Hartz IV. Das war der Zeitpunkt, an dem ich dem Vertreter riet: Da vorne hat der Zimmermann dat Loch gelassen, und jetzt kuck, datte schnell wegkomms …

Scheiß Spiel! Wie seid ihr vier aus dieser Nummer denn heile rausgekommen?
Wir sprachen einige Lieferanten direkt an und vereinbarten nach zähen Verhandlungen die Rückgabe von 80 Prozent der Ware, aber zu 10 Prozent unter dem Einkaufspreis. Die restliche Ware mussten wir aber behalten. Der Verlust von 20 000 Euro hat uns zunächst zurückgeworfen, doch gleichzeitig auch angespornt. Das war die Geburtsstunde des Ruhrgebietsladens – denn wir mussten den Restbestand an Ruhrgebietsartikeln, den wir nicht zurückgeben konnten, verkaufen. Dies konnte nur gelingen, wenn wir weiterhin ganz fest an das Ruhrgebiet glaubten und selbst neue »Souvenirs aus dem Ruhrgebiet« herstellten, denn viele Anbieter hatten die »Ruhr2010« genutzt, um schnellen Umsatz zu generieren, und boten nach dem Kulturhauptstadtjahr nichts mehr an.

Als ich zum ersten Mal in den Ruhrgebietsladen kam, war ich geplättet von eurem Angebot. Hier gibt es schnuckelige Dinge, die ich nirgendwo anders finde.
Wir haben unser Sortiment erweitert, wir haben Maschinen angeschafft, wir haben selber produziert. Heute gibt es mit dem »Kleinen Kumpel« unseren Ruhrgebietsladen-Likör; unsere »Currywurst im Glas« ist heiß begehrt, unser »Glück auf Dusch- und Badegel« garantiert eine echte Kohlenwäsche, und nach unserer »Reviersoße« haben sich auch schon Menschen aus dem tiefsten Hinterbayern die Finger geleckt. Zurzeit haben wir insgesamt etwa 2500 Artikel im Angebot. Zweitausendfünfhundertmal Ruhrgebiet! Und wenn jemand einen ganz speziellen Wunsch hat und bei uns nicht fündig wird, dann sprechen wir mit ihm darüber, wie wir ihm den Wunsch erfüllen können.

Was sind das denn für Leute, die euch im Ruhrgebietsladen besuchen kommen?
Unsere Kunden sind Menschen wie du und ich; die spazieren bei uns rein, schauen sich um, plaudern mit uns; der Kumpel von nebenan genauso wie der Geschäftsmann, für dessen ganz speziellen Anlass wir ganz spezielle Geschenkkörbe zusammenstellen. Was alle unsere Kunden und uns vereint ist die Liebe zum Ruhrgebiet, und genau die wollen wir erhalten. Wir haben keine Frauenkirche, kein Brandenburger Tor, keinen Eiffelturm. Wir haben aber ganz besondere Fördertürme, eine tolle herzliche Sprache und ganz ehrliche Menschen. Oder wat meinze!
[www.ruhrgebietsladen.de]

Werner Boschmann
Jüngsken für alles
Autobiografie eines Bottropers

1951: Selbst in Zeiten eines allgegenwärtigen Wirtschaftsaufschwungs waren beim Neuankömmling in der Familie Boschmann Wunderdinge nicht zu erwarten: Papa war Spediteur, Mama Büroangestellte; 'ne Hucke ganz oben in einem Achtfamilienhaus; in der allerletzten Ecke des Ruhrgebiets, in Bottrop. Solcherart Vorzeichen prophezeiten eher verhaltene Aussichten: Der kleine Werner würde die Volksschule als Durchschnitt abschließen, danach in irgendeine Lehre gehen; der große Werner würde als Schreiner, Möbelpacker oder ganz wie Papa als Spediteur sein Arbeitsleben verbringen.

Exakt an meinem sechsten Geburtstag wurde ich Mitglied der Volksschule St. Cyriakus und Jüngsken für alles der Donnerbergbande, in der ich mich in den folgenden vier Jahren zum stellv. Leiter der Schutzgeld-Abteilung hocharbeitete; ich baute mich in gediegenen Ortsteilen wie Fuhlenbrock oder Stadtwald vor den Kindern reicher Leute auf, wenn die nach der Schule heimwollten, drohten ihnen Senge an und ließ sie erst ihres Weges ziehen, nachdem sie ein paar Groschen, einen Füllfederhalter oder eine Handvoll Klümmkes abgedrückt hatten.

Ich gestattete mir, um diesen Beruf sinnvoll ausüben zu können, in St. Cyriakus auf Teilzeit zu gehen; woraufhin sich St. Cyriakus gestattete, mir brieflich den Übergang zur Hilfsschule anzudrohen; genau genommen meinen Eltern anzudrohen, die aber von dieser Drohung nichts erfuhren, da ich den Brief abfing. Notgedrungen ging ich daraufhin bei St. Cyriakus teilweise auf Vollzeit.

Vier Wochen vor dem Ende des Schuljahres hatte ich auf der Parkstraße ein Jüngsken im Schwitzkasten; das trug Salamander-Schuhe, die meine Größe hatten, wollte seine Treter aber partout nicht abtreten. »Du kriss 20 Mark im Monat, wenn du mein Freund wirst«, japste das Jüngsken. Mein familiäres Taschengeld betrug 2 Mark im Monat, die Einkünfte aus der Schutzgeld-Abteilung summierten sich auf etwa 10 Mark. Also entließ ich das Jüngsken aus dem Schwitzkasten, kassierte 20 Mark bar auf Kralle, trat freundschaftlich aus der Donnerbergbande aus und wurde Personenschützer.

Das Jüngsken aus dem Schwitzkasten hieß Klausi und war der einzige Sohn eines bekannten Bottroper Arzt-Ehepaares, mit dicker Brieftasche, dicker Villa und dickem Opel Kapitän; Papa-Arzt fühlte bei meinem Antrittsbesuch meine Muckis, ließ mich im Hauspark 50 Liegestütze machen, nahm danach Mama-Arzt in den Arm und sagte: »Mit solch einem Freund an seiner Seite kommt unser Klausi wunderbar durchs Schulleben. Ihr beiden werdet gemeinsam aufs Gymnasium gehen, und ihr beiden werdet gemeinsam das Abi machen.«

Wir beiden bestanden gemeinsam die Aufnahmeprüfung zur Zuchtanstalt humanistischen Nachwuchses, dem Städtischen Jungengymnasium. Auf meine Frage: »Wie ging dat?«, hatte ich doch der Prüfung lediglich körperlich beigewohnt, antwortete Klausi: »Papa macht dat.«

Fortan holte ich Klausi jeden Morgen pünktlich von zu Hause ab und überantwortete ihn mittags wohlbehalten seinen Eltern; zwischendurch schaute ich zu, wie humanistische Bildung geht. Die Papas meiner elf Klassenkameraden waren Rechtsanwalt, Apotheker, Stadtdirektor, Bauunternehmer, Makler, Sparkassenchef, Arzt.

Neben Klausis Personenschutz übernahm ich ab der Quinta die – gut dotierte – Aufgabe, die elf Jüngskes heil durch den ab und an ruppigen humanistischen Schulalltag zu bugsieren, ihnen in der Mittelstufe unliebsame Nebenbuhler vom Hals zu halten, wenn sie mit einem Mädchen poussieren wollten, ihnen in der Oberstufe Drogen aus Amsterdam zu besorgen. Ich war ihr Jüngsken für alles.

Für die Erbringung dieser Dienstleistungen wurde ich nach achteinhalb Jahren (zwei Kurzschuljahre!) mit der gymnasialen Reife entlohnt, und das, genauso wie die elf anderen, ohne auch nur einmal die Ehrenrunde gedreht zu haben. Zur Abifeier wurde ich nicht eingeladen; die elf Jüngskes grüßten mich fortan nur noch aus weiter Ferne; Klausis Papa erteilte mir Hausverbot.

Im Wintersemester 1969 begann ich an der Ruhr-Universität Bochum ein Studium in Deutsch und Geschichte; in diesen Fächern hatte ich auf dem Abizeugnis die beiden einzigen »befriedigend« erzielt. Ich bekam dank der Hilfe einiger mir gewogener Studentinnen die Scheine für die Anmeldung zur Zwischenprüfung zusammen. Nach dem halbstündigen Prüfungsgespräch fragte die Vorsitzende mich: »Glauben Sie denn, dass die Universität das Richtige für Sie ist?« Ich blieb ihr die Antwort schuldig und exmatrikulierte mich aus meinem Zweitstudium. Um 9 Uhr. Am 1. Juli 1971. Es war ein Donnerstag.

Boah, werden Sie jetzt garantiert denken, dä Boschmann, schwer gestolpert, jetzt fällt er hin mit Psycho, Alko und kommt nie wieder hoch. – Ich habe Ihnen nicht erzählt, was eine Stunde nach meiner letzten Abiprüfung geschehen ist. Ich begann mein Erststudium. Kurz nach 17 Uhr. Am 14. Mai 1969. Es war ein Mittwoch: Ich begann mein Erststudium. Bei Onkel Theo. Als Jüngsken für alles.

Onkel Theo war Kneipier, und zwar nicht irgendeiner. Mein Onkel Theo war DER Bottroper Kneipier, und in seiner Kneipe gab es ALLES: Pils, Korn, weiche Drogen, Erdnüsse, harte Drogen, Frikadellen, Autos, ziemlich edle Frauen, edlere Uhren, fabrikneue Leder- und Bundfaltho-sen, Glücksspiel mit Würfeln, Kugeln, Karten und Pfeilen, Urkunden und Genehmigungen für jeden Anlass.

Im September 1999 schlief Onkel Theo in meinen Armen ein; Herzinfarkt hinter der Theke; so, wie er es sich immer gewünscht hatte. Gemeinsam mit Onkel Theo endete der Pachtvertrag für seine Kneipe.

Ich war fast fünfzig, hatte gut gelebt, wenig gespart. Was tun? Kneipenkumpels boten an, mich irgendwo bei der Bottroper Stadtverwaltung unterzubringen; dazu hätte ich allerdings Mitglied der SPD werden müssen. Das war mir denn doch zu unmoralisch; zumal ich meinem Vater, der auch in den ganz schweren Zeiten standhaft geblieben war, hatte schwören müssen, nie »inne Partei« zu gehen.

So bat ich meine Kneipenkumpels, mir stattdessen einen zinslosen Kredit zu gewähren. – Deutsch und Geschichte »befriedigend«; das Ruhrgebiet meine geliebte Heimat; Jüngsken für alles ein Leben lang. Also übernahm ich zum 1. Januar 2000 den Verlag, in dem dieses Buch erscheint.

Jetzt geht es mit Riesenschritten aufs Rentenalter zu, und ich ertappe mich immer mal wieder dabei, wie ich zurückschaue. Eine steile Karriere habe ich nach den in der Restwelt gültigen Maßstäben wohl nicht hingelegt. Aber für einen aus Bottrop ist mein Leben doch gar nicht so übel verlaufen. – Oder?

Werner Boschmann. Kind des Ruhrgebiets – immer geblieben.

Hubertus A. Janssen
Ruhrgebietskulturstrukturballade aus dem Blickwinkel des Schmalfilmers Karl

Prolog

In Duisburg, in Essen, in Oberhausen,
da brachen alle Zechen zack zack weg,
was blieb war Kohlenstaub und alter Dreck,
strukturverwandelt von Revierbanausen.

…

In Castrop-Rauxel, Bochum, Recklinghausen,
da hockt im Publikum jetzt Dennis Scheck,
mit Block und Stift und Hut und Ed von Schleck,
und sieht und hört und schreibt von Kultursausen.

Durch Datteln und Dorsten und Wanne und Marl,
fließt fleißig Wasser in Fluss und Kanal,
und schlängelt sich schnappschießend Schmalfilmer Karl,
filmt schnappend und schießend jetzt ruhrtriennal.

Filmte früher in Witten und Bottrop-Boy,
noch Pferdewagen, mit Kohle und Heu.
Und in Mülheim und Wattenscheid jetzt brandneu,
frisch aufpoliert transkaukasischen Koi.

Filmt Dortmund, auf Schalke filmt gerne Herne,
das Rundledergück nah und von Ferne.
Filmt Hallen und Kioske und Fernwärme,
und filmt nicht nur nachts Ruhrgebietssterne.

Filmt in Oer und in Eickel und Erkenschwick,
jungen Wald, alte Kumpel, Autos und Schlick,
filmt Wohnblocks und Straßen voll Sehnsucht und Glück
und spult seine Filme niemals zurück.

Werner Bergmann
Späte Genugtuung
Autobiografie eines Duisburgers

Werner Bergmann. Jahrgang 1946, Studium der Geschichte und Mathematik; Promotion und Habilitation in mittelalterlicher Geschichte und Historischen Hilfswissenschaften; akademische Lehrtätigkeit an der Ruhr-Universität Bochum, TU Braunschweig, an den Universitäten Rostock, Hamburg und Potsdam; apl. Professor, zahlreiche Publikationen und Quelleneditionen zur mittelalterlichen und frühneuzeitlichen Geschichte. Er ist Herausgeber von *Johannes Gigas, Der erste Atlas von Nordrhein-Westfalen aus dem Jahre 1620*; er ist Verfasser der Bücher *Geschichten zwischen Pott und Deckel. Vom Essen und Trinken nicht nur im Revier* und *Unser aller Heiligen. Als der Himmel über dem Ruhrgebiet noch bevölkert war.*

Die Eheleute Bergmann trafen sich – er aus britischer Gefangenschaft in Italien entflohen, sie nach Ausbombung evakuiert und in Österreich dann vor den Russen geflohen – im Oktober 1945 in Duisburg und feierten in Ermangelung einer Wohnung ihr Wiedersehen in einer Waschküche. Die Freude darüber wurde neun Monate später geboren, hinein in die Not und das Elend der Nachkriegszeit.

Der Knabe war dünn, kränklich und während der ersten vier Schuljahre unterernährt. Dennoch erhielten die Eltern die Empfehlung von Seiten des Klassenlehrers, den Jungen auf eine weiterführende Schule zu schicken. Man beratschlagte und kam zu dem Ergebnis, dass man sich das Schulgeld für die Realschule leisten konnte – 10 DM im Monat. Das Gymnasium hätte das Doppelte gekostet. Die schulischen Leistungen auf der Realschule waren hinreichend, und durch das Wirtschaftswunder wie den Sport verloren sich die körperlichen Defizite.

Entgegen den Vorstellungen des Vaters (ein Maschinenbau-Studium mit anschließender Anstellung bei dem Unternehmen, bei dem er beim Werkschutz beschäftigt war) war das Jüngsken von der Geschichte begeistert und hatte den Traum, eine richtige Universität von innen zu sehen und Geschichte zu studieren. Für dieses Vorhaben war allerdings ein richtiges Abitur vonnöten, das man zu der Zeit nur mit hinreichenden Kenntnissen der lateinischen Sprache erlangen konnte. Der Klassenlehrer, dem er dies vortrug, bestärkte ihn, und er fand Hilfe bei einem humanistisch gebildeten, eremitenhaften, 21 Jahre älteren, seltsamen Einzelgänger, mit dessen Hilfe und einem alten Lateinlehrbuch aus Vorkriegsbeständen er mehr schlecht als recht Kenntnisse der lateinischen Sprache erwarb. Dafür fuhr er mit dem Fahrrad annähernd drei Jahre lang jeden Samstag vom Duisburger Süden aus nach Homberg, um sein wöchentliches Pensum abfragen zu lassen.

Optimistisch ging er mit dem Herbstzeugnis der 6. Klasse zum neusprachlichen Gymnasium der Stadt, um sein Anliegen vorzubringen. Von Herrn G., dem Direktor, einem respekteinflößenden älteren Herren mit gewaltigem Schmiss, sogar empfangen, wurde er kritisch beäugt und eingehend befragt ob seines außergewöhnlichen Wunsches und dem Umfang seiner Lateinkenntnisse. Trotz gestrichen voller Hose schien er nicht ganz so schlecht sich und seine schulischen Kenntnisse präsentiert zu haben, da der gestrenge Herr G. abschließend beschied, er könne in der Obersekunda anfangen, allerdings sei dafür Voraussetzung, dass die Realschule ihm eine entsprechende Empfehlung schreibe. Im Hochgefühl seines Erfolges – sich gleichsam schon in der Uni sitzend fühlend – bemühte er sich um eine solche.

Der beliebte Klassenlehrer, der ihn in seinem Bemühen bestärkt hatte, war mittlerweile die Karriereleiter nach oben gestiegen und ins Ministerium nach Düsseldorf entschwunden. So musste er beim Direktor der Realschule, Herrn K., antreten und um das Empfehlungsschreiben bitten. Wieder wurde das Halbjahreszeugnis kritisch von dem kleingewachsenen Mann beäugt, der den Delinquenten nie im Unterricht erlebt hatte und dessen Ansinnen mit dem Satz »Bergmann, das schaffen Sie nie!« abkanzelte und ein Empfehlungsschreiben vehement verweigerte.

Solche Situationen und Sätze prägen sich unauslöschlich ein, zumal das damals 15-jährige Würstchen bei dem Versuch einer Nachfrage kurzerhand aus dem Direktorenzimmer geworfen wurde.

Da stand er nun und musste beim nächsten Termin beim Direktor des Gymnasiums eingestehen, dass er kein Empfehlungsschreiben bekommen hatte, da die Realschule ihn nicht für geeignet hielt. Der allgewaltige Studiendirektor schaute zunächst verwundert, dann – wie es ihm schien – grimmig, schließlich sagte er: »Dann machen wir es ohne Empfehlung. Du kannst in der Obersekunda anfangen, aber komm nicht irgendwann hier an und beklag dich.«

Es war für den Halbwüchsigen beinahe wie im Märchen. Ab Ostern ging er ins neusprachliche Gymnasium, machte nach drei Jahren Abitur und konnte nach seiner Zeit beim Grenzschutz an der neu gegründeten Ruhr-Universität Bochum studieren und schließlich auch promovieren. Damit war der Zeitpunkt seiner kleinen ganz persönlichen Revanche gekommen.

Unter dem Vorwand, eine Zweitschrift seines Realschulabschlusszeugnisses zu benötigen, besuchte er die alte Schule, wurde auch von Direktor K. empfangen. Der Gnom saß wie damals hinter seinem Schreibtisch, ließ sich den Ausweis und die Zeugniskopie zeigen, die er abzeichnen sollte, und sprach den frischgebackenen Dr. phil., wie er es aus Gewohnheit machte, allein mit dem Nachnamen an. Dies ermöglichte die kleine Rache: »Nein, Herr K., die Anrede ist Herr Dr. Bergmann!«

Es war das erste und wohl auch einzige Mal, dass der ehemalige Realschüler auf der Anrede mit dem akademischen Titel Wert gelegt hat, und es ging ihm runter wie Öl, diesem Mann deutlich zu machen, dass man es trotzdem geschafft hatte. Davon zehrt der heute annähernd 70-Jährige noch immer mit klammheimlicher Freude.

Friedhelm Wessel
Ausflug mit Tücken

Friedhelm Wessel, Jahrgang 1944, verbrachte seine Kindheit und Jugend zwischen der Jacobi-Siedlung in Oberhausen – wo Oma ihr klein Häuschen und Opas geliebter Karnickelstall standen – und dem Dichterviertel in Herne – wo alle Straßen nach großen deutschen Schriftstellern benannt sind. Als ›Köttel‹ erkundete er zusammen mit seinen Freunden die Halden des Reviers und spielte verbotenerweise auch schon mal an einem der vielen kleinen Abwasserbäche im Tal der Emscher. Eigentlich sollte der Herner Ingenieur werden, entschied sich aber schließlich 1970 für den Journalismus. Zunächst als ›Freier‹ zwischen Mülheim und Dortmund, dann ab 1973 als Redakteur in Gelsenkirchen und Bottrop. 2007 ging er in den Ruhestand und befasst sich seitdem als Autor mit der Geschichte und den Geschichten des Ruhrgebiets.

Tja, eigentlich hatten sich Holger und Sybille sowie ihre sechsjährige Tochter Michaela auf ein entspanntes Sommerwochenende zu Hause gefreut; am Samstag hatten sie einige Einkäufe auf der Herner Bahnhofstraße getätigt, und den Sonntag wollten sie nun einfach nur genießen, vielleicht irgendwann am Nachmittag noch einen kleinen Spaziergang machen.

Punkt 14 Uhr schellte es Sturm. Holger quälte sich vom Sofa, und vor der Haustür grinste ihm sein Schwiegervater Kurt Schwittay entgegen. »Komma mit, ich muss dir wat zeigen.« Draußen parkte ein beigefarbener Kadett. Holgers Schwiegermutter saß auf dem Beifahrersitz und winkte zu ihm herüber.

»Wir wollen euch zu ner Fahrt ins Grüne einladen; in unserem brandneuen Wagen«, sagte Kurt Schwittay.

»Ja, eigentlich wollten wir heute …« Weiter kam Holger nicht. »Mach vorran und hol die Sybille und die Kleine ausse Bude; wir wollen los«, rief Martha Schwittay aus dem Kadett und wischte sich mit einem weißen Taschentuch den Schweiß von der Stirn, denn es war heute brütend heiß.

Holger zuckte zusammen, nickte kurz, verschwand in der Wohnung und tauchte knapp zwei Minuten später im Laufschritt mit Ehefrau und Tochter an der Hand wieder auf; alle drei zupften noch ihre Kleidung zurecht.

Martha Schwittay stieg mit einem »Dat dat bei euch aber auch immer dauert« aus dem Kadett, hielt dem Trio die Tür auf, damit es sich auf die Rückbank quetschen konnte. Während der Fahrt hielt sie einen längeren Vortrag über die Grundtugenden der Ruhrgebietlers – Pünktlichkeit, dezentes Aussehen, Gehorsam gegenüber der älteren Generation – und die drohende Gefahr, dass diese

Tugenden durch, wie sie es sagte, »sonne moderne Flausen im Kopp« verlustig gehen könnten.

Als Kurt kurz hinter Raesfeld von der B224 auf die B58 abbog, fragte Sybille: »Wo wollt ihr beiden denn eigentlich mit uns hin?« Martha fächelte mit ihrem parfümieren Taschentuch, drehte den Kopf und lächelte ihre Tochter an. »Zum allerschönsten Ort im Münsterland; ihr werdet begeistert sein.«

Kurt fasste das Steuer fester und trat kräftig aufs Gas. Nach weniger als fünf Minuten wurden die Seitenfenster heruntergekurbelt, damit die gute Luft hereinströmen konnte, und nicht einmal eine Viertelstunde später erreichten sie den Ketteler Hof.

»Na, freut ihr euch auf die vielen Tiere?«, sagte Kurt, als er den Kadett auf einem großen Parkplatz ausrollen ließ.

Martha stöhnte: »Nee, diese Bullenhitze hier auf dem Land; ich brauch ein Stück Kuchen und Kaffee.«

Michaela flüsterte: »Ich möchte zu den Ponys.«

Holger und Sybille blieben stumm.

Martha stieg eilig aus, nestelte an ihrer großen weißen Handtasche, zog ein Fläschchen Kölnisch Wasser heraus, sprühte erst sich und dann das Trio ein, während es sich vom Rücksitz schälte. Kurt rief: »Geht ihr schomma im Schatten, ich komm gleich nach.«

Martha drückte die Beifahrertür zu, nahm Michaela an die Hand und startete durch, wie man heute sagt, Martha aber nie gesagt hätte. Holger zündete sich eine Zigarette an, nahm seine Frau an die Hand, und die beiden zockelten hinter der Durchstarterin her. Hinter ihnen allen fiel die Fahrertür krachend ins Schloss.

»Ach, du Scheiße, der Schlüssel steckt innen!« In Kurts Stimme lag eine gehörige Portion Verzweiflung, vielleicht auch ein wenig Angst. »Mutter, du immer mit deine Hektik; rück mal den Reserveschlüssel raus.«

»Du Dösel, den habe ich nich bei; der liegt bei uns zu Hause aufe Kommode.«

»Ich glaubet nich!« Kurt Schwittay schlug mit der flachen Hand auf das Kadettdach.

»Omma, ich muss mal. Und ich will zu den Ponys. Du hast es versprochen.« Das sagte Tochter Michaela. Beide Elternteile blieben weiterhin stumm.

»Diese Landhitze! Kurt, tu doch endlich wat!« Martha war inzwischen zurückgeeilt und begann, ihren Mann mit Kölnisch Wasser einzusprühen.

»Ey, lass dat bei mir bleiben! Du immer mit deine scheiß Hektik, Mutter.«

Martha stellte das Sprühen ein, warf ihrem Mann einen Blick zu, der jeden Herner Straßenräuber in einen freiwilligen Gefängnisaufenthalt getrieben hätte, und sagte: »Wir gehen!« Das war ein Befehl, und Martha griff sich je eine Hand von Tochter und Enkelin. Zurück blieben Kurt, Holger und der Kadett, die von Ferne den Ruf vernahmen: »In zwei Stunden sind wir zurück. Und macht dat Auto nich kaputt, dat is noch nich abbezahlt.« –

»Wat nu?«, fragte Kurt seinen Schwiegersohn, der die Seitenfenster des Kadetts begutachtete.

»Wir brauchen ein Stück Draht, mit dem wir den Türknopp hochziehen können. Ich schau mich ma um.«

Als Holger nach knapp zehn Minuten zum Kadett zurückkam, saß Kurt im Gras, lehnte gegen die Beifahrertür und japste nach Luft. »Die Hitze macht mich völlig alle … und die Mutter.«

»Kumma, hiermit müsste es eigentlich gehen.« Holger bog das Stück Draht, das er am Rande einer Viehweide gefunden hatte, zu einer Schlinge zurecht und friemelte sie auf Höhe der Knopfes, der die Fahrertür verriegelte, zwischen Scheibe und Dichtung. Schweiß tropfte ihm in die Augen. »Gleich hab ich es«, stöhnte er leise, dann schrie er auf. »Verfluchte Scheiße!«

Kurt rappelte sich hoch, umrundete den Kadett, rüttelte an der Fahrertür. »Dat Ding is immer noch zu. Wat ist denn passiert?«

»Ich bin abgerutscht, und vor Schreck is mir der Draht in den Wagen geflutscht. Verflucht, war wohl ne scharfe Kante dran.« Holger hielt seine blutende Hand, von der dicke Blutstropfen in den Sand fielen.

Kurt schüttelte den Kopf. »Wenn man nicht alles selber macht. Pass auf, dat du dat Auto nich versaust, dat is noch nich abbezahlt.« Er stemmte die Arme in die Hüften. »Und wat nu?«

Holger zog ein Taschentuch aus der Hose und begann, seine tropfende Hand damit zu umwickeln. »Die Wehrmanns, eure Nachbarn, die haben doch einen Haustürschlüssel von euch und die haben doch einen Käfer, vielleicht können die ja …«

»Dann ruf die an und sag denen, die sollen schneller hier sein, als die Mutter wieder hier is.«

Während der Rückfahrt nach Herne war Holger der Einzige im Kadett, der stumm blieb. Er hatte die Blutung stoppen können, aber seine Hand schmerzte. Michaela schwärmte von den Ponys, Sybille und Martha von der leckeren Kuchentafel und all den netten Leuten, mit denen sie auf dem Ketteler Hof geplaudert hatten.

Kurt hatte den dreien natürlich sofort mit ganz viel Stolz in der Stimme berichtet, wie er nach kurzem Überlegen durch einen äußerst raffinierten Trick – »Ich hab mir den Draht perfekt zurechtgebogen« – das Problem gelöst hatte – »Ohne ein einzigen Kratzer auf unser Auto«; und er hatte sehr farbig geschildert, wie sein Schwiegersohn, als der sich erleichtern wollte, schwer in einen Weidenzaun gestürzt war und sich dabei verletzt hatte.

Während der Rückfahrt unterbrach Kurt den Redefluss der begeisterten Weiblichkeit nur ein einziges weiteres Mal, nämlich als er kurz vor Raesfeld von der B 58 auf die B 224 abbog: »Ach, übrigens, wir haben die Wehrmanns getroffen; die haben doch tatsächlich auch einen Ausflug zum Ketteler Hof gemacht.«

Von den 20 Mark Benzin- und Schweigegeld, davon erzählte er natürlich nichts.

Wat nich is? – Muss!
Nachwort von Werner Boschmann

Herrgott, ist Wanne-Eickel schön! Heute habe ich als Flaneur seine Hauptstraße genossen. Das Innenministerium mit dem Malakoffturm als Eingang; das Außenministerium umrahmt von Förderbändern; die vielen anderen neuen Regierungsgebäude. Am Abend dann schloss ich mich dem Pilgerzug nach Baukau an, Schloss Strünkede, Amtssitz unseres Präsidenten. Mir kamen Goethes Worte in den Sinn: »Der Anblick war köstlich. So muss man das Pantheon, das Kapitol beleuchtet sehn.«

Gestern besuchte ich die Botschaft der USA auf dem Gelände der Gelsenkirchener Zeche Bismarck. Da haben sich die Amis wirklich was einfallen lassen; einen Bau, der mich an die Oper von Sydney erinnert, der diese glatt in den Schatten stellt. Eine Botschaft der Welt ans Ruhrgebiet.

Unsere Tore zur Welt sind die Flughäfen in Dortmund, in Mülheim/Essen und Bottrop »Schwarze Heide«; durch diese Tore strömen Tag für Tag hunderttausendfach riesengroße, neugierige Augen in das Land, das die Zukunft vorwegnimmt. Seid uns willkommen, Freunde, woher auch immer ihr kommt! Die Einreise für Kölner, Düsseldorfer und Münsteraner sollte natürlich dauerhaft untersagt bleiben. Niemand kann hier für ihre Sicherheit garantieren, falls sie als solche erkannt werden.

Dass die Gebäude des WDR in Köln und der Düsseldorfer Landtag spontan gesprengt wurden, hätte vielleicht nicht passieren dürfen; andererseits zeigt uns die Weltgeschichte, dass für Symbole der Zwangsherrschaft in einer Epoche solcher Veränderungen, wie wir sie gerade erleben, kein Platz mehr ist. Der WDR hat auf dem ehemaligen

Opel-Gelände in Langendreer seinen idealen Standort gefunden; genauso wie ARD und ZDF, denn Marxloh und Katernberg standen schon immer für gute Unterhaltung, Innovation und Meinungsvielfalt.

Heiß diskutiert wird bekanntlich die Bestrafung einzelner Intensivtäter. Guillotine und Garrotte waren für mich von Anfang an ausgeschlossen. Wir sollten unseren Vorbildern nicht überall nacheifern. Selbst für Typen wie den ehemaligen Düsseldorfer Oberbürgermeister Dirk Elbers, Sie wissen schon, sein Satz vom April 2014: »Im Ruhrgebiet, da möchte man nicht tot über dem Zaun hängen«, sehe ich Chancen der Wiedereingliederung – allerdings nur nach einem knallharten Rehabilitierungsprogramm.

Was die Behandlung derer betrifft, die in den sogenannten »schlechten Zeiten« verduftet sind – Literaten nach Berlin, Unternehmer und Bänker nach Frankfurt, Journalisten nach Köln und München: All die haben ihre Chance vertan, müssen dort bleiben, wo der Pfeffer wächst; wir wollen sie in den »guten Zeiten« hier bei uns nicht sehen.

Und natürlich muss jedes Mitglied der Wanne-Eickeler Bundesregierung eingeborener Ruhrgebietler sein. Diese Regelung ist für zumindest zwei Jahrzehnte unumgänglich. Danach könnten Bayern, Sachsen, Brandenburger und ausgesuchte andere eine Bewährungschance erhalten.

»Man kann den Hintern schminken, wie man will, es wird kein ordentliches Gesicht daraus.« (Schloss Gripsholm)

Tucholsky hat dieses eine Mal nicht recht. Unser Ruhrgebiet hat sich ein mehr als nur ordentliches neues Gesicht geschminkt und wird es in Zukunft behalten. Deshalb:

Vive la révolution